その世とこの世

その世とこの世

谷川俊太郎
ブレイディみかこ
奥村門土（モンドくん）絵

岩波書店

もくじ

邪気の「あるとない」　ブレイディみかこ……01
萎れた花束　谷川俊太郎……14
Flowers in the Dustbin　ブレイディみかこ……20
その世　谷川俊太郎……30
青空　ブレイディみかこ……38
座標　谷川俊太郎……47
詩とビスケット　ブレイディみかこ……54
現場　谷川俊太郎……64
淫らな未来　ブレイディみかこ……72

気楽な現場　谷川俊太郎……81
秋には幽霊がよく似合う　ブレイディみかこ……88
幽霊とお化け　谷川俊太郎……97
ダンスも孤独もない世界　ブレイディみかこ……106
父母の書棚から　谷川俊太郎……115
謎の散りばめ方　ブレイディみかこ……122
笑いと臍の緒　谷川俊太郎……131
ウィーンと奈良　ブレイディみかこ……138
Brief Encounter　谷川俊太郎……148

装丁・本文デザイン　納谷衣美

邪気の「あるとない」

ブレイディみかこ

谷川俊太郎様

はじめまして。ブレイディみかこと申します。

今日は元日の一月一日で（そりゃ元日は一月一日に決まっています

が）、高橋源一郎さんのラジオ番組『飛ぶ教室』にリモート出演した後にこれを書きはじめました。

わたしは後半の「新春座談会」に伊藤比呂美さんや金原ひとみさんと一緒に参加したのですが、前半の特別インタビューに谷川さんが出演されていたのでびっくりしました。というのも、わたしの年末年始の宿題の一つに、「谷川さんへのお手紙を書く」という大仕事があったからです。

しかし、番組中で谷川さんが「長い文章は書きたくないし、読みたくない」と仰っているのを聞き、ブライトンの自室の窓から薄暗い冬の朝の街を眺めながら出番待ちをしていたわたしは、心にまで深い霧がかかるのを感じました。「長い文章」の一つにほかならぬ手紙という形態で、どうやって谷川さんとの交信をはじめるなどということができるでしょう？　はっきり言って不可能にしか思えません。

谷川さんは、詩ならあふれるように出てくると仰っていました。わたしがもし詩人だったら、詩の交換もありえたでしょう。でも、わたしは詩人などという言葉とは最も遠いところにいる地べたのライターであり、これも到底無理な話です。不可能と無理しか存在しないところに、どうやって道を通せばいいのか。そう考えていて、ふと思い出したものがあります。

それは二〇一九年十一月に、朝日新聞夕刊に掲載された、谷川さんの「あるとない」という詩でした。解説には、ジャック・ロンドンの『どん底の人びと』を読んだ谷川さんが、「自分は貧困を書いたことがない」と考えて書いた作品と書かれていました。

実はこの本、わたしの座右の書と言ってもよい一冊なのです。時々、わたしの人生はこの本に遠隔操作されているのではないかと思うほどです。ジャック・ロンドンが英国の貧困層の実態を探るために潜入したロンドンのイースト・エンド出身の男とわたしが結婚したのも、もしかするとこの操作によるものかもしれません。また、わたしが貧困地域の託児所に勤めた日々を描いた『子どもたちの階級闘争』という作品などは、この本の影響を直接的に受けています。
谷川さんの詩は、こんな風にはじまっていました。

私は貧困を書いたことがない
難病を書いたことがない
比喩で書いたことはあるが
それは事実を書いたのではない

そして戦車や国債や棺桶や田植えの話になり、詩人と金の貸し借り、嘘、女の話になって、これはしたことが「ある」、これは「ない」、あれは「ない」、それは「ある」とまるでラップのように韻を踏みなが

ら軽快に進むのですが、最終部では自由と寂しさが言及されてヘヴィになりかけます。でも、それが、

私は警官に不審尋問されたことがある

という一行でひょいと裏返されて終わるのです。

そこまで読んでわたしは笑いました。

しかし、この笑いをどう説明したらいいのでしょう。

おかしい。

確かにおかしいから笑っているのですが、たぶんそのときのわたしの顔は「あはは」と無邪気に笑っているのではなくて、にやっとしていたというか、見ようによっては意地の悪い邪《よこしま》な笑い方をしていたと思います。

そう、無邪気な笑いではなく、有邪気な笑いです。

どうも最近、ユーモアは正しく無邪気なものでないといけない、という風潮が世界中で高まっている印象を受けますが、わたしの住む英国は違います。というのも、いわゆるブリティッシュ・ユーモアというものが、そもそも日常に邪気を差し込むようなものだからでしょう。

EF（Education First）という世界中に拠点を持つ語学学校がありますが、そのホームページに「ブリティッシュ・ユーモアを理解すること」という記事が出ていました。英語を学んでいる人々にブリティッシュ・ユーモアについて教える内容です。国によってユーモアのセンスは違うが、英国のユーモアはとりわけ独特であり、それは英国の人々がアイロニーと風刺を楽しむからだと書かれていました。言語を学んでいる者は、誰かが発した言葉や書いた言葉をその通りに理解しようとしますが、英国英語の場合は取り扱いに注意が必要だというのです。

チャールズ・ディケンズ、ジェーン・オースティンから、テレビで放送されているコメディ、そして日々ストリートで交わされている会話まで、「Aと言っているのに実はAとは言っていない」とか、「Aと言うことでBを意味する」ということが、英国英語には往々にしてあるからです。

例えば、「昨日のコンサート、どうだった?」と誰かが聞きます。聞かれた人が「最高だったよ」と答えると、文字通りに取ればこの人はコンサートを楽しんだということです。しかし、ブリティッシュ・ユーモア的に言えば、この人は「めっちゃ退屈だった」「演奏がしょぼかった」、つまり「最悪だった」と意味しているときがあり、ふつうはこのテのジョークをとばす場合、いかにも冗談を言ってるんですよという感じのおどけた表情をしたり、「なんちゃって」みたいな仕草をするでしょう。でも英国の人々はそうした説明を一切与えずに真顔でこういうことを言ってのけるので、最初は確かに判別が難しい。

わたしは四半世紀を英国で過ごしているので、もしかするとこれが伝染しているのかも知れず、たとえばエッセイで「こういうことがあったのでわたしは泣いた」と書いたりするとき、「こんな些細なことで人間が泣くわけないだろ。ははは。大袈裟で笑える」と自分ではジョークのつもりで大笑いしながら書いているのに、日本の人に会うと「共感して泣きました」とか「大変でしたね」とか、思いもよらぬ感想を聞かされて「は?」となることがあります。

直線的。そうなのです。こうした反応の回路は直線的です。それに対し、ブリティッシュ・ユーモアはねじれているのです。「邪」には「道をはずれていること」という意味がありますが、まっすぐな道からあえて逸脱し、コミュニケーションを横にずらすような、「有邪気」

のスピリットが英国の笑いにはあります。

この邪気は、逆説的に世の中から刺々《とげとげ》しいものを取り払う働きもしているように思います。例えば、前述の「昨日のコンサート、どうだった?」の会話で、聞かれた人が「最低だった」とストレートに答えたら、言われたほうが感じるのは相手の怒りであり、会話はポジティブな方向には進みづらいでしょう。しかし、「最高だった」という皮肉をぶち込むことにより、会話は軽やかで明るい方向に進むのです。

最近、ねじれた邪さが癒しになる例をテレビで見ました。それは、コロナ禍で逼迫する英国の医療現場を追ったドキュメンタリーでした。

コロナではない重い病気を患っていた初老の男性が危険な状態に陥り、パートナーの女性が救急車を呼んだのですが、到着までに何時間もかかり、男性は亡くなってしまいました。救急隊員が死亡を確認するとパートナーの女性は床にへたり込み、ぼろぼろ涙をこぼしはじめます。一人の女性の救急隊員が彼女に近づいて脇に座りました。ふつうなら肩を抱くとか、ハグして慰めの言葉をかけるとか、そういうことを予想しますよね。

でも、救急隊員の女性の口から出たのは意外な言葉でした。

「紅茶にミルクと砂糖は入れますか?」

こんな切羽詰まった状況で、「紅茶にミルクと砂糖」なんて、ふざけているのかと思う人もいるでしょう。実際、号泣していた女性も虚を突かれたような顔で救急隊員を見ていました。でも、次の瞬間、彼女はほとんど反射的に「ミルクだけ入れます」と言ったのです。

救急隊員の女性はキッチンに行って紅茶をいれてきました。泣いていた女性はマグカップを受け取り、黙って飲みはじめます。死亡したばかりの男性が横たわるベッドのそばに座って、パートナーの女性が穏やかな表情で紅茶を飲んでいる。視聴者が期待していた「正しい」

反応はこれじゃなかったと思います。だけど、不思議に温かい光景でした。救急車がなかなか来なかった時間の彼女の不安や恐怖心、パートナーが亡くなったショックと悲しみ、そうした負の感情の塊を、一杯の温かい紅茶が溶かしていることが伝わったからです。大きな悲劇を経験している人を前にし、敢えてまっすぐなリアクションを取らなかった救急隊員の機転がもたらした癒しだったと思います。

このように、まっすぐではない、ねじれた反応(=道からはずれる邪さ)には人間の生活にいい意味での軽さと温《ぬく》もりをもたらす力があるように思います。

無邪気さは純粋さと結び付けられて最上のもののように思われがちです。が、何でも額面どおりに受け取ってストレートに反応しなければならない世の中になれば、人間の生活からユーモアが失われ、深刻でギスギスした場所になってしまう。それは殺菌された純白の真綿をみずから口と鼻に詰め込んで窒息するようなものです。

有邪気と無邪気。

そもそも邪気という言葉は、病とか、正しくないこととか、さまざまのよからぬことを意味しますが、人間の生活は邪気にまみれたものですよね。ブリティッシュ・ユーモアは、正邪の双方あってこそ人間なのだということを思い出させるものなのかもしれません。

純白の真綿で窒息させられそうになった人を揺さぶり起こすために暗闇からぬっと伸びて来る手のように。

というわけで、わたしも邪気の「あるとない」についてダラダラと考えてみました。この(長い)手紙を谷川さんが読んでくださったら幸いです。

そして、もしできましたら、わたしのさらなるダラダラ考察のきっかけとなるような詩をいただけたら、と自分勝手な妄想まで膨らませています。

英国は相変わらず暗く長い冬ですが、日本も今年の冬はずいぶん寒いと耳にしております。どうぞくれぐれもご自愛ください。

二〇二二年一月一日

七面鳥のサンドウィッチを食べながら菊正宗を飲む元日に

萎れた花束

谷川俊太郎

ブレイディみかこ様

ブレイディさん、人間って言語上で一人歩きを始めるものなんですね。お名前はお書きになってる文章でとっくに知ってますし、お顔も新聞紙上の写真で拝顔の栄に浴していますので、「ブレイディみかこと申します」というご挨拶をブリティッシュ・ユーモアと考えていいのでしょうか。

私は以前小学校へ話をしに行った時、子どもらに「あ、ナマ谷川だ、まだ生きてる！」と叫ばれたことがあって、これは素直に嬉しかったのですが、国が検定した国語教科書を通して名前が知られているだけで、子どもらが私の詩集を読んではいないのは明らかでした。

ところで『図書』編集部発案の往復書簡ですが、私は七十年以上詩の形で言語商売を続けてきましたので、アタマが詩頭になってしまっていて、散文に馴染めないんです。ブレイディさんの現実的実際的で明快な散文に、詩の朦朧《もうろう》体でご返事することを許してくださいますか。

萎れた花束

道端に数本の萎れた野花が捨ててある
小さな花束にして誰かに贈ったものらしい
受け取った誰かの気持ちはどうだったのか
捨てた際の気持ちの荒れは…

スマホに保存された何気ない映像から
作家は物語の最初の一行を思い浮かべるが
詩はもうそこで完結しているのだ
と　彼は思う

根を実生活の土壌に下ろしたいのに
詩は無重力の宇宙に浮遊し
道端の萎れた花束に目を留めて
それをコトバにしようとするけれど

人の役に立たないそのミクロな行動は
地球上の人類が直面している困難と
なんの関わりもない
と　彼は考える

しかし水たまりで朽ちてゆく小さな花束が
いま自分の生きているこの時空に属している事実に

深い畏敬の念とともに
ささやかな歓びを感じているのを否定できない

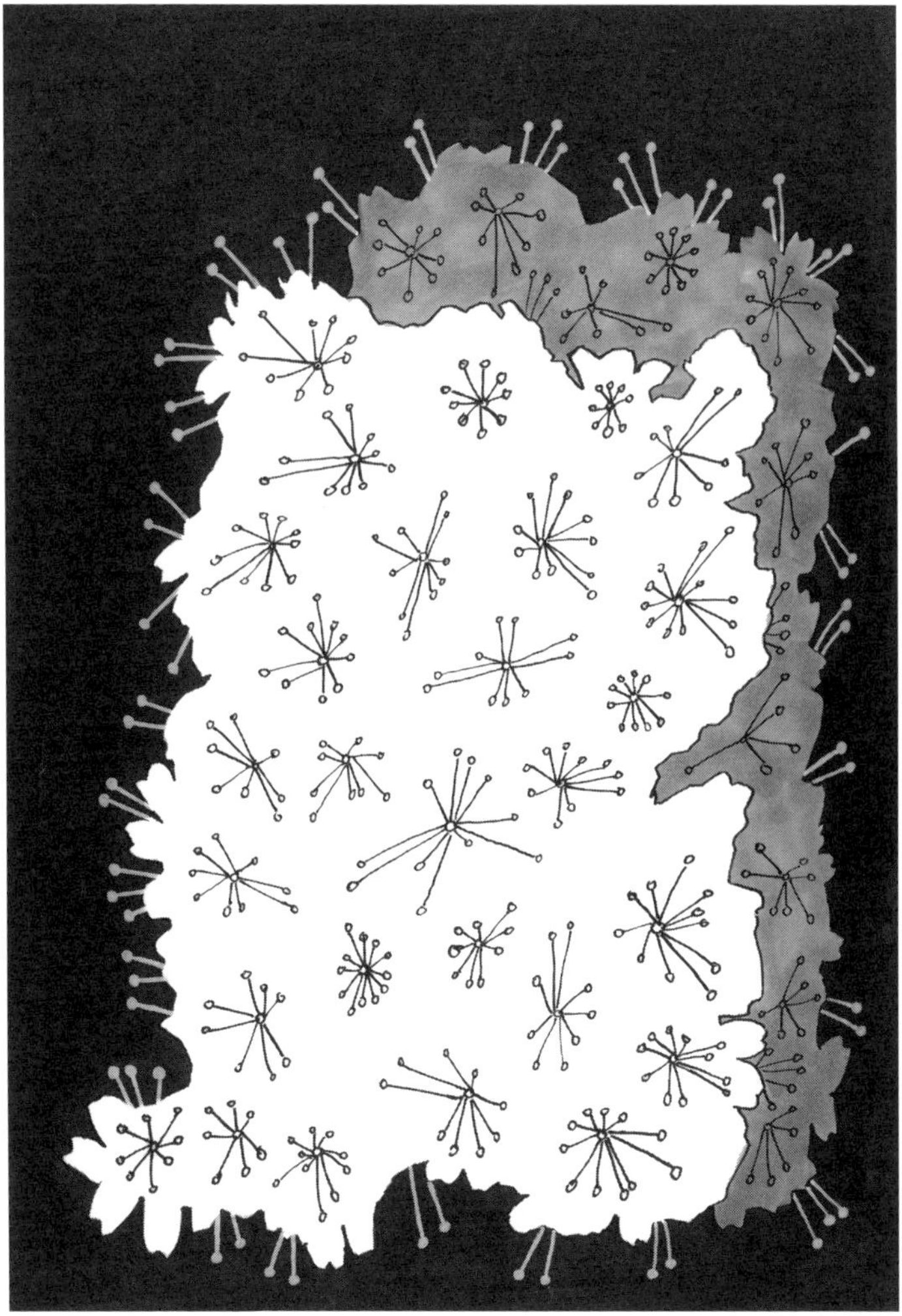

Flowers in the Dustbin

ブレイディみかこ

谷川俊太郎様

谷川さんからお返事をいただいたときのわたしの気持ちは、「ナマ谷川だ！」と言った小学生に近いものがあったと思います。にわかに現実のこととは思えませんでした。しかも、谷川さんの詩の題名は

「萎れた花束」。

わたしは誰もいない部屋の中で「えっ」と声をあげました。というのも、いま買うかどうか迷っている絵があり、そのタイトルが「Flowers in the Dustbin（ゴミ箱の中の花々）」というのです。

それはセックス・ピストルズというパンクバンドの「God Save the Queen」という曲にちなんだ絵です。その曲の歌詞に、"We're the flowers in the dustbin（俺たちは花々だ、ゴミ箱の中の）"という一節があります。わたしが欲しいと思ったプリント画はそれを絵にしたものです。目が覚めるような黄色をバックに、英国の道端に置かれているようなアルミのゴミ箱が描かれ、その中に毒々しいほど鮮やかなピンク色の花束が突っ込んであるのです。

わたしはこの絵を見たとき、とても詩的だと思いました。欲しい。と思いましたが、色彩が鮮やか過ぎてわたしの仕事部屋には合いそうもなく、何度もネットでその絵を見てはため息をついていました。だから谷川さんの詩を読んだとき、谷川さんとジョニー・ロットン（セックス・ピストルズのシンガー）が呼応しているように聞こえたのです。

道端に数本の萎れた野花が捨ててある
小さな花束にして誰かに贈ったものらしい
――俺たちは花々だ、ゴミ箱の中の
受け取った誰かの気持ちはどうだったのか
捨てた際の気持ちの荒れは…
――俺たちは毒だ、あんたの人間機械の中の

本当はこの曲にはもっと有名な歌詞があり、それは「ノー・フュー

チャー」という言葉です。ジョニー・ロットンがギラギラした目で世界全体を呪うようにしてこの言葉を放ったのは一九七七年。英国はその前年に事実上の財政破綻に追い込まれ、近年のギリシャのようにIMFから融資を受けました。公務員や労働者による長期ストライキが頻発し、回収されないゴミがストリートに溢れ、都市部はまるでゴミ箱の中を歩いているようだったといいます。「俺たちは花々だ、ゴミ箱の中の」という言葉は、その風景から立ち上がったのでした。

そのことを知ったとき、ティーンのわたしは衝撃を受けました。だってそれまで、流行歌といえば恋愛のことや美しい空や青い海(中野重治風にいえば「赤ままの花やとんぼの羽根」や「女の髪の毛の匂い」)を歌うものだと思い込んでいたからです。それからは、英国ロックの歌詞を聞くとき、そのバックグラウンドにある光景を頭の中に立ち上げる努力をするようになりました。昨年、ある学者の方と対談したときに、わたしは何かの事象を見るとき、それを見ている自分の心ではなく、事象の背景にある社会を見ていると言われたのですが、間違いなくそれは「ゴミ箱の中の花々」に端を発しています。

そう考えると、やはり自分の原点とも言えるのだから、あの絵を買うべきという気もしてきます。絶対にわたしの部屋には色が合わないとわかっているのですが……。


と、ここまでお手紙を書いてから、締め切りが近い原稿たちを先に片付けている間に、世の中はひっくり返ったような騒ぎになってしまいました。いまとなっては「赤ままの花やとんぼの羽根」について書いたほうがよっぽどアナーキーじゃないかと思えるほど、何を見ても戦争の話でもちきりです。

実は、わたしもさっき日本の新聞にこの問題に関する論考を一本送り、いまは書評を書くために『アレクシエーヴィチとの対話「小さき人々」の声を求めて』を読んでいます。ウクライナ人とベラルーシ人のあいだに生まれたアレクシエーヴィチはいま切実に読まれるべき作家に違いありませんが、実はこの本でわたしが一番気になったのは、彼女の仕事部屋にドストエフスキーの肖像画が飾られているというくだりでした。

彼女は、物書きとしての自分の原点にはドストエフスキーとおばあちゃんがいると言っています。「小さき人々」の概念をロシア文学に登場させたのはドストエフスキーだそうです。それまでは偉大な出来事や英雄の物語しかなかったと彼女は言っています。「小さき人々」というと、「名もなく罪もない弱者」というイメージを浮かべますが、彼女の意味するところは違うようです。ドストエフスキーは、それまでロシア文学が認めようとせず、あえて書こうとしなかった人間の多様な側面と暗黒を書いたと語っているからです。

大作家のドストエフスキーと並んで彼女に決定的な影響を与えたのが地べたのおばあちゃんというのが面白いと思いますが、子どもの頃、アレクシエーヴィチは祖母が独ソ戦の体験を話すのを聞いたそうです。ドイツ兵は恐ろしいファシストだったと思い込んでいた彼女は、ウクライナの祖母の家に遊びに行ったとき、おばあちゃんがある種のエンパシーをもってドイツ兵の話をするのを聞き、びっくりしました。その「男の子」は食べ物を求めておばあちゃんの家に来たそうで、何もないと答えると、じゃあ顔を洗わせてくれと言いました。それでおばあちゃんが手ぬぐいを差し出したら顔を拭いながら泣いていたそうで、まだほんの少年だった、とおばあちゃんは語りました。彼女の祖母は、ドイツ兵を恐ろしい悪魔ではなく、一人の人間として孫に話して聞かせたのです。

どこを切っても金太郎飴のように天使の顔しか出てこない人間もいなければ、悪魔の顔しか出てこない人間もいない。ドストエフスキーと祖母はそのことを彼女に教えたのでした。

それなのに、どこかで戦争がはじまると、わたしたちは金太郎飴の思考に陥りがちです。そうしなければ、たとえどんな大義があったとしても人が人を殺すことを正当化できないからです。でも、それではまた偉大な物語や英雄の話に逆戻りして、「小さき人々」が見えなくなってしまう。わたしは谷川さんからいただいた詩を思い出しました。

道端の萎れた花束に目を留めて
それをコトバにしようとするけれど

人の役に立たないそのミクロな行動は

地球上の人類が直面している困難と
なんの関わりもない
と　彼は考える

きっと人間たちは、巨大な危機に直面しているときこそ、道端に捨ててある花束に目を留めなければならないのです。道端に花束を捨てた人の気持ちや、ゴミ箱の中の花束に自分を重ねる人のことを、言葉にしなければならない。大きな言葉の劇的な洪水にさらわれ、自分では考えてもいなかった場所に流されてしまわないように。

「Flowers in the Dustbin」の絵をやはり買おうと思います。あの絵を見たときに「詩的だ」と思った自分の気持ちに素直に従うことにしました。仕事部屋に合わなければ、カーテンとか他のものを変えてしまえばいいのですよね。ようやくそのことに気づきました。そしてそんなたわいもない小さなお話で、今回の手紙を終えることにします。ところで、谷川さんが執筆されるお部屋には絵や写真が飾られていますか？

二〇二二年二月二十日&やや中断して三月五日

その世

谷川俊太郎

ブレイディさん、

脚が覚束《おぼつか》なくなり、幼児に戻って直立二足歩行の練習をしている始末なので、父母が遺した家の一室にほとんど座りきりで一日を過ごしています。壁には父母の大きな写真、これは言ってみればお墓代わり、お線香はあげませんが毎朝挨拶してます。並んで壁にかかっているのは、ポンペイの壁画の小さな断片、これも父が残したコレクションの一つ、誰がポンペイの噴火の跡から(多分無断で)持ち出したんでしょうね。それから私の必需品であるアンプにスピーカーにCDデッキにストリーミングで音楽を聴くコンピューターなどが身近にあります。

セックス・ピストルズは名前を知っているだけで私は意識して聴いたことがないのです。私にとって音楽はまず「海ゆかば」。負け戦だとラジオのニュースの前に流れました。歌詞はどうでもよくて、私は作曲者信時潔のドイツ仕込みのハーモニーにいかれたのだと思います。広島と長崎に原爆が落とされた戦争ですが、小学生の私はその社会的背景にほとんど関心がありませんでした。

好きな音楽の数小節は好きな女性と並んで、私にとっては人間社会を超えたコスモスと直に触れ合うことのできるほとんど唯一の

mediumなんです。〈詩は音楽に恋をする〉というのが私が折に触れて口にする決まり文句の一つです。

その世

この世とあの世のあわいに
その世はある
騒々しいこの世と違って
その世は静かだが

あの世の沈黙に
与していない
風音や波音
雨音や密かな睦言

そして音楽が
この星の大気に恵まれて
耳を受胎し
その世を統べている

とどまることができない
その世のつかの間に
人はこの世を忘れ
知らないあの世を懐かしむ

この世の記憶が
木霊のようにかすかに残るそこで

ヒトは見ない触らない　ただ
聴くだけ

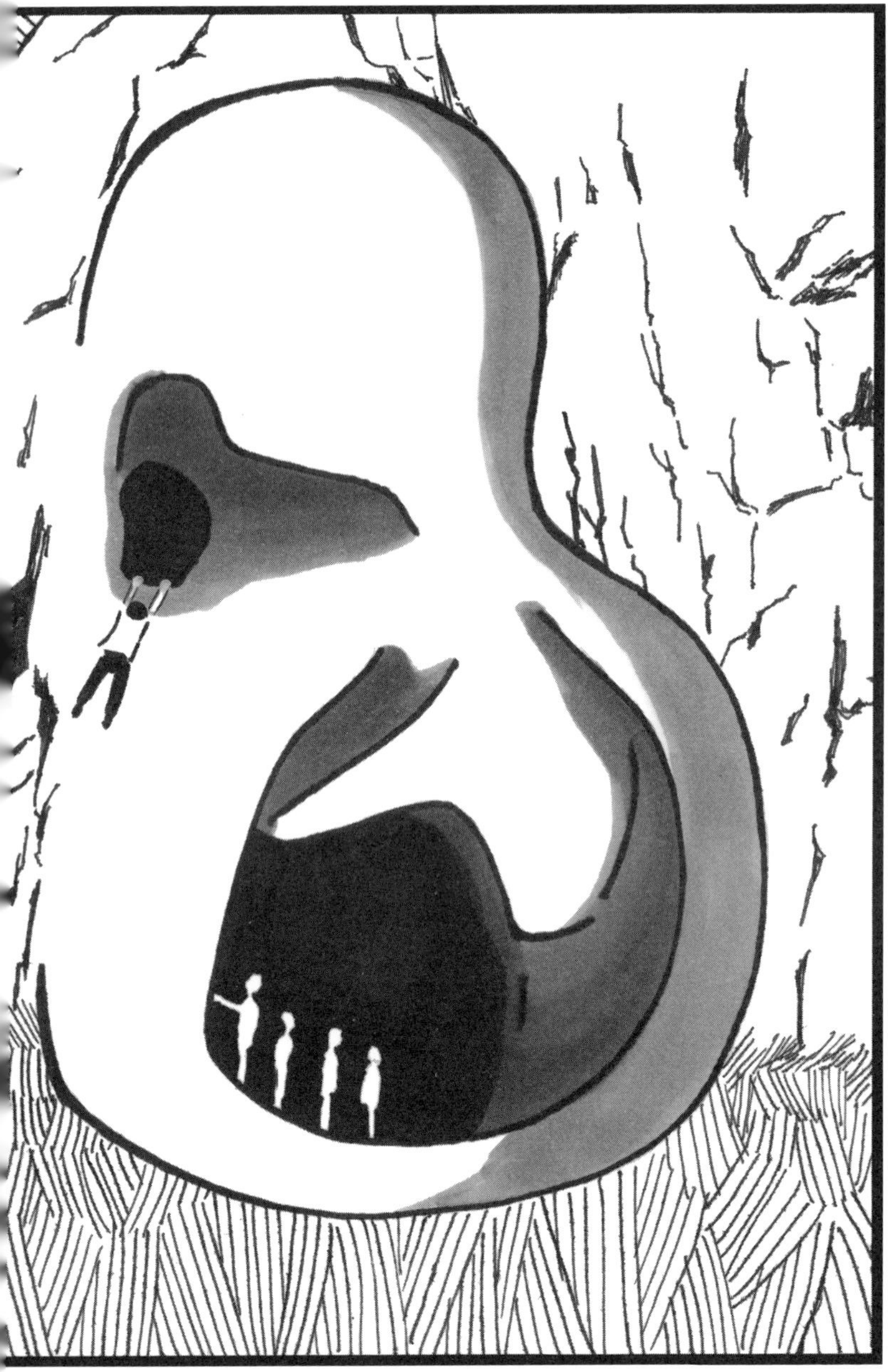

青空

ブレイディみかこ

谷川俊太郎さま

「その世」という谷川さんの詩のタイトルを拝見したとき、これ英語でどう言うんだ？　とまず思いました。「あの」は「that」、「この」は「this」。では、「その」は？

英語では「その」も「that」なんですよね。つまり、二つしかないのです。

この世(this world)とあの世(that world)のあわいにあるところも、英語ではthat worldになる。あえて英語にすればsomewhere in betweenとなるでしょうか。あいだにあるものを表すのに、「この(this)」「あの(that)」と対等な、まったく独立した三番目の言葉が日本語には存在する。これは哲学者の國分功一郎さんの「中動態」みたいで面白いと思いました。

好きな音楽の数小節で、この世ともあの世とも知れない空間に連れて行かれる感じはわたしにもわかります。少し前に書いた少女小説の中に、中学生の主人公とその友人がそんな感覚について話し合う場面を書きました。彼女たちは、ダンスを踊ったり、音楽を聴いたりしていると、唐突に「ああ、これだ」と感じる瞬間が訪れることを不思議に思います。そしてこんなお喋りをするのです。

「『これ』って何なんだろう」

「……それはたぶん、ここは違う世界を指しているんじゃないかな」

「え？」

「たぶん、『これだ』って感じる瞬間だけ、私たちは、その違う世界に行ってるんじゃないかな」

「……違う世界って、それ、どこのこと？」

「わからない。わからないけど、それはここではない世界で、自分が本来いるべき場所っていうか、行ったこともないのになぜか知っている場所……」

（『両手にトカレフ』ポプラ社）

こんなことをわたしも十代の頃、よく考えていました。当時のわたしの言葉なら「音楽はヤバいところに人をハマり込ませる」と感じていたのです。

谷川さんのお部屋にはアンプやスピーカー、CDデッキ、ストリーミングで音楽を聴くコンピューターがあると書かれていましたが、わたしの部屋はまるで反対です。わたしの仕事部屋には、まったく音楽を聴ける機材はありません。わたしは文章を書いているときに、音楽を聴けないのです。いったん聴きはじめると、なにかもう脳も体も音楽のほうに全面的に持っていかれてしまい、言葉なんてどうでもよくなってしまう。

わたしはたぶん(いや間違いなく)、音楽が一番好きなのだと思います。そして一番好きなものは、恋愛と同じで人に正気を失わせるというか、常軌を逸することをさせます。だから、常軌を逸さず、常机の姿勢でおとなしく書くために、音楽は聴きません。わたしにとって「その世」は、ちょっとしたマッドネスの領域でもある。あまり行かないほうがよさそうです。

「その世」を拝読し、もう一つ強烈に想起させられたのは、谷川さんの絵本『ぼく』でした。この絵本については、今年のはじめに高橋源一郎さんとオンラインで対談したときに、源一郎さんが「すごい本を読んだ」と紹介されたので、「うちにはもう現物がありますよー」と本棚から出して自慢しました(編集者の筒井さんが送ってくださったのです)。「子どもの自死を描いている」「ラディカル」「こんな絵本は前代未聞」と言って源一郎さんと大騒ぎしたときの動画は谷川さんも御覧になったと聞いています。

実はこの絵本を最初に読んだとき、わたしはさまざまなキーワードでネット検索を行い、英語でもこのような絵本があるのか探してみたのでした。が、見つけることはできませんでした。やはり死を扱っていても、途中で救いが訪れて、最後には明るくハッピーエンドという絵本が主流のようです。

とは言え、わたしは『ぼく』にそこまでの暗さは感じませんでした。むしろ、「その世」感に満ちている気がしてなりません。

谷川さんが書かれた言葉もそうですが、登下校する子どもたちや交差点を行き交う人々をじっと見ている半ズボン姿の少年は、まさに「この世とあの世のあわい(somewhere in between)」にいるようで、「この世の記憶が木霊のようにかすかに残る」音を聴いているようです。絵を描かれた合田里美さんの、なんとも言えないブルーのタッチ(ランドセルを背負っているから日本の子どもなのでしょうけど、目が青いんですよね)との相乗効果もあるでしょう。この絵本を危険だと思う人がいるとすれば、それは少年が自死するということより、この「その世」感にわけもなく惹かれてしまうからだと思います。

個人的にハッとしたのは、少年が手に持っていたスノードームの中の宇宙でした。その宇宙の中を少年が漂っている絵があり、次のページでは「なぜか　ここに　いたくなくなって」という言葉と共に、宇宙を走って逃げている少年が描かれています。

一九五〇年代から七〇年代にかけて、ジャズやソウルなどの黒人ミュージシャンたちが好んで取り入れた宇宙のモチーフを思い出しました。米国で虐げられていた黒人たちが抑圧的な「この世」を忘れ、宇宙に意識を飛ばすための(あるいは宇宙に行った気分になるための)ギャラクティカ系と呼ばれる音楽が続々と出て来た時代でした。ジャズ・ミュージシャンのサン・ラーなどは、自分は土星の出身だと言っていたそうです。彼らにとっての宇宙も、まさに「その世」だったのかもしれないと思いました。

それから、驚いたのはこの絵本がさりげなくメタ構造になっているところでした。少年が学校で使っている教科書の中に谷川さんの詩が出てくるからです。谷川さんの詩のタイトルは「いきていて」。絵本全体が「ぼくはしんだ　じぶんでしんだ」で終わるのと対照的に、作中詩は「ぼくは　じぶんをいきる」で終わります。

「わたしはわたし自身を生きる」というのは、(わたしのヒーローである)大正時代のアナキスト、金子文子の有名な言葉ですが、彼女は十三歳のときに朝鮮で川に飛び込んで自死しようとします。でも、飛び込もうとした瞬間に蟬が力強く鳴きはじめたのを聞いて自然の美しさに気づき、死を思いとどまります。『ぼく』の作中詩に出てくる少年も、足元から虫の音のような「いのちのおと」を聞いて「ぼくはじぶんをいきる」と思いますよね。

死んでしまった『ぼく』の最後のページに広がっている青空と、死なななかった文子が錦江のほとりで見上げていた青空は繫がっている気がしました。空は、「この」「あの」「その」の三つを繫いでいる珍しいものだと思います。

二〇二二年五月九日
濡れた脱脂綿のような雲が広がる英国の空を見上げながら

座標

谷川俊太郎

ブレイディさん、

必要があって今は私が住んでいる父母の古い家の下駄箱から、古いノートを出してきました。「詩集　電車での素朴な演説 II」と表紙にありますが、これは実現しませんでした。私の最初の詩集の題名になった「二十億光年の孤独」には50.5.1の日付が記されています。私は当時のいわゆるハイティーンでした。

哲学を学んだ大学教師の父と、音楽学校ピアノ科中退の母の間の一人息子だった私は、恵まれた環境に育つお坊ちゃんで、一九四五年に終わった戦争と戦後の混乱にも大した影響を受けていませんでした。と言うより世間知らずの十代の私は、自分が生きている世界を人間社会としてよりも、コスモス(宇宙)という言葉で捉えていました。

自分という存在を意識し始めた頃、私はまず自分のいる場所がどこか知りたいと思いました。自分が今此処にいるのは確かだが、その今此処は一体いつでどこなのか。学制改革で中学生だった私はいつの間にか高校生になっていましたが、学校生活に馴染めず、父の本棚から勝手に本を抜き出しては読み散らしていました。

でも現実は活字のうちにはなく、思春期の肉体を持った自分の現実はまず東京杉並の我が家にあって、数学は代数も幾何も苦手でしたが、座標という言葉だけは妙にリアリティがあったらしく、私はとにかく自分の座標を決めたいと思いました。現住所に自分はいる、その杉並区は東京都にあり、東京都は日本という国にあり、日本はアジアにありアジアは地球上にあり、地球は太陽系に属していて……というふうにズームアウトしていくと、最終的に私の座標は限りない宇宙の一点にあると自分で勝手に納得したのです。

空間的な座標ばかり気にして、時間的な座標、つまり歴史の中の自分に考えがいかなかったのが現在の私にとっては、自分の感性の原点を見るようで面白い。元気で幼かった十九歳の私が書いたものをお目にかけます。

夜明け

しだいに明るむ僕の暁よ
（完全な白昼は存在しないが）
この頃の「時」のヴォリウム――
昨日まではまだ全くの夜だったと
思うことがしばしばなのだ

しだいに明るむ僕の暁よ
（完全な晴天を僕はむしろ欲しない）
その光と色の尊さ――

しかし雨と風とはまだ
そうなのだ　雨と風との約束が僕の怠惰を警告する

しだいに明るむ僕の暁よ
（大いなるものをてらせ
ディテイルは危険な屈折）
今日は昨日より　明日は今日より

ものはすべてさやかにあかるく

しだいに明るむ僕の暁よ
（光線は今こそ純粋）
錯雑と厳粛と希望の陰影《かげ》を

まだもうろうのもやの中に
断片ながらうつそうとする

暁よ　僕の暁よ
（地平線下は忘却し
原点以下の記憶を尊べ）
なほ新なる視野を僕は望みだ

50. 2. 23

詩とビスケット

ブレイディみかこ

谷川俊太郎様

谷川さんのご自宅の下駄箱から出てきた詩(靴を入れる箱から出てきたというのがブリリアントです)を読んでいると、わたしの古い記憶の箱の中からも、色褪せた想い出が飛び出してきました。「元気で幼かった十九歳の」谷川さんが書かれた「夜明け」を読んで、あるアイルランド人の青年のことを思い出したのです。

谷川さん、実はわたし、詩人に恋をしたことがあるのです。

しかしこれがまあ、大酒飲みで気難しくて、人に嫌われそうなジョークばっかりとばす、ほとほと困った人でした。彼の母親が「この子は赤ん坊のときから眉間に皺が寄っていた」と言っていたほどです。それでも、詩だけは上手だったようで、たくさんの人々が彼の朗読を聞きに来ていました。それはまるで歌を聞いているみたいで、地を這うような声音に迫力があって、「元気で幼かった二十歳そこそこのわたし」はすっかりやられてしまい、気がついたら一緒に住んでいました。

その頃からわたしはもっぱら「現実の生活」担当者でしたから、わたし稼ぐ人、あなた詩を書く人、という関係になり、わたしは二十代前半の時期をさまざまな仕事をして馬車馬のように働きました。そうやって昼も夜も日本で働いてカネを貯めては、ロンドンやアイルランドに行って彼と暮らすというフーテンのような生活を何年も続けたのです。

その詩人はたいそう字が汚い人で、走り書きのようなものを紙ナプキンやトイレットペーパーに書き散らす癖があったので、日本人のわたしには彼の詩が読めませんでした。それなのに汚れた靴下やギターの弦の切れ端と一緒くたになってテーブルに置かれている紙切れに言葉が書かれていると、わたしはなんとかそれらを読もうとするのでした。

詩というものが断片的な性格のものなのに、それをさらに断片的にしか読めないとなると、危険な作業になりかねません。というか、そもそも、恋をしているという状態が思考力を著しく低下させるので、読んだ反応も変な方向に向かいはじめるのです。かろうじて読める言葉から、いや、かろうじて読めるからこそ勝手にいろんなことを想像して嫉妬したりして、わたしは悩み苦しむようになりました。

端的に言って、これは体によくないと思いました。

それで最終的には別れて日本に帰ることにし、早朝に呼んだダブリン空港に向かうタクシーに乗っていたとき、わたしは窓から次第に明るむ暁の空を見ていました。あの頃、The Sundays という女性ヴォーカルのバンドがとても人気で、そのときもラジオで「My Finest Hour」という曲がかかっていました。

But poetry is not for me, so show me the way to go home
(でも詩はわたしに向いてない　だから家に帰る道を教えて)

その歌詞が耳に飛び込んできたとき、そういうことだったのか、と、ぼろぼろ涙がこぼれてきました。流行歌の歌詞というのはすごいもので、人間のたいていの経験は書かれているんじゃないかと思うぐらい、絶妙なときに絶妙な一節が聞こえてくるんですよね。この偶然性がなかったら、人生からどれぐらいのドラマが失われてしまうんでしょう。タクシーの中は特にヤバい。ラジオでかかる曲は自分で選んでいるわけでも、ＡＩが勝手に作ってくる「あなたへのおすすめ曲リスト」でもないのに、唐突に刺さってくるのです。

脱線してしまいましたが、こうやって泣きながら傷心の長旅を経て、わたしは日本の空港に辿り着きました。ところが、空港に着いた途端に我に返り、日本円を一円も持っておらず、自分が文無しだったことに気づいたのです。電車賃すらないとわかったとき、とっさに考えついたのがリュックの中に入っていたビスケットを売ることでした（ちょっとすでに食べてましたけど)。それで空港のベンチに座っていた若い女性に近づき、「アイルランド名物のビスケットがあるんですけど」と売り込んだら、ものすごく怪しい者を見る目で見られました。けど、正直に「一銭もお金がない」と打ち明けたら、「わかりました」と言って買ってくれたのです。

こうしてようやく電車に乗ることができたのですが、車窓の向こう側にはまたもや夜明けの空が広がっていました。ダブリンで見ていた、白々とした薄桃色に霞んでいた暁の空は、いまやギラギラとした現実のオレンジ色をしていました。

うりゃあああああ、なんとかなる。

そう思いながら、夕焼けじみた地平線のあたりを睨んでいたのを覚えています。

自分の座標を定めなければ、と思ったことはわたしにはありませんが、すべての起点であり基準であり拠り所は、この「うりゃあああああ、なんとかなる」だった気がします。

それでも、谷川さんがおっしゃる「ズームアウト」していく感覚はとてもよくわかる気がしました。ミクロからマクロに向かってしまう、つまり、現住所から杉並区へ、日本からアジアへ、地球上から宇宙へと、カメラがどんどん遠方に後ずさるような視点の位置の変化。それはジョイスの『ダブリナーズ』に収められた短編「死せるものたち」のエンディングにも似ています(何の因果かこれもまたダブリンの話です)。

雪はアイルランド全土に降っている。暗い中央平原のすみずみまで、立木のない丘陵に舞い降り、アレンの沼地にそっと舞い降り、もっと西方、暗く逆立つシャノン川の波の上にそっと舞い降りている。マイケル・フュアリーの埋葬されている侘《わび》しい丘上の教会墓地のすみずみにも舞い降りている。歪《ゆが》んだ十字架や墓石の上に、小さな門の槍《やり》の上に、実のない荊《いばら》の上に、ひらひら舞い落ちては厚く積っている。雪がかすかに音立てて宇宙の彼方《かなた》から舞い降り、生けるものと死せるものの上にあまねく、そのすべての最期《さいご》の降下のごとく、かすかに音立てて降り落ちるのを聞きながら、彼の魂はゆっくりと感覚を失っていった。

（ジェイムズ・ジョイス『ダブリナーズ』柳瀬尚紀訳、新潮文庫）

現実的な人間の揉め事や日常の些細な問題ばかり書き綴った「ダブリンの巷」の話が、最後の数行でいきなり宇宙にまで広がる引きのカメラの壮大さに、ティーンの頃にこれを読んだわたしは度肝を抜かれました。

宇宙の中に個人の座標があると考えれば、人間どうしの差異や揉め事や現実の出来事は(おそらく生死すら)とても小さなことに感じられるでしょう。ジョイスの引きのカメラも、それを狙ったものだったと思います。

文学者や評論家はこれを神の視線と呼んだりしますよね。

でも、わたしにとっては自分の中の「うりゃああああ、なんとかなる」も神なんです。

どこからそんな確信が湧いてくるのか、悲しみとか憎しみとかのせせこましい感情がぶっ飛んで、晴れ晴れとした気分とさえ表現できるような、自分なのに自分を超えたニュートラルな何かがくれる力。

それが内蔵されていなかったら生き延びてこられなかったかもしれません。

少なくとも、空港でビスケットの行商はしなかったでしょう。

（実はああいうのはあれが初めての経験ではなく、成田空港で警官に借金を申し込んだこともあったのですが）

二〇二二年七月四日
入国規制のせいで久々の帰国がものすごく面倒くさく思える夏の日に

現場

谷川俊太郎

ブレイディさん、

いつどんな場所で詩を書くんですかという子どもからの質問に、今の私は気が向いたらいつでも、場所はコンピューターが載ってる机、と素気なく答えていますが、それは詩を書くときの話で、文章を書こうとすると場所は同じくコンピューターが載ってる机でも、「いつ」は不定、大体締切日の遥か前、とにかく書き始めてみないと書けるかどうか不安で、むしろ書かずに済ませたいという心境です。

ブレイディさんの文章を読んでいると、私の頭には「現場」という言葉が自然に浮かんできます。書いている現場はもしかすると私と同じようにラップトップがある所かもしれませんが、文章が生まれる現場、あるいは文章を支える現場が、この世のどこかでブレイディさんが生きてきた年月が言葉の上だけでなく、具体的事実としてちゃんと存在している。

若い頃からもっぱら言葉を手立てに世界を見聞きし、知ってきた私には、現場というものが言葉にしかないような気がするのです。もちろん日々の生活の現場は私もそれなりに体験していますが、その現場は言葉にしないことでどうにかナマの現実になっているのではないか。

人体の解剖を出発点とする養老孟司さんや、ゴリラとともに生きる山極壽一さん、ひいては今読んでいる、かの漱石の「思ひ出す事など」の文章に存在する抽象を許さないリアルな現場に、言葉にしか現場のない詩を書く私は劣等感を抱いています。

漱石調

死に先立つものとして
詩がある
詩に先立つものとして
生があると考えた

生に先立つものは時だろう
時に先立つものはと考えて
そんなものは何であれ
言葉の上にしかないと思った

わざとらしい言葉が鼻について
幼児の舌足らずが羨ましいが
それじゃ昨日もらった
どら焼きの礼状ひとつ書けない

言葉は便利なようで
不便なものだと考えた
宅急便が来てハンコを押した
外は青空だ

急に嬉しくなった
自然の現場は無口だ

人間の尻の穴は小さい
吾輩は猫でないのが残念だ

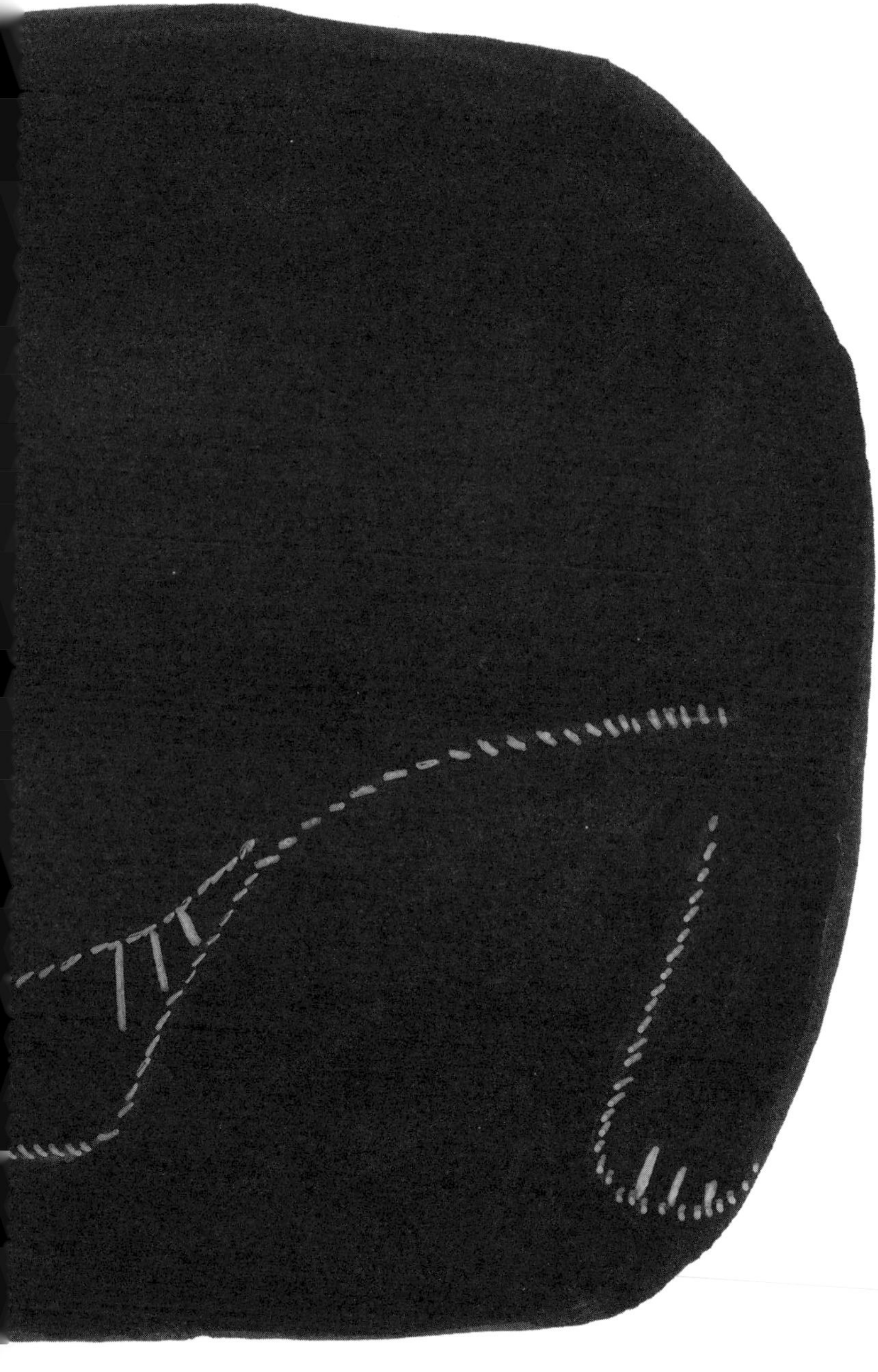

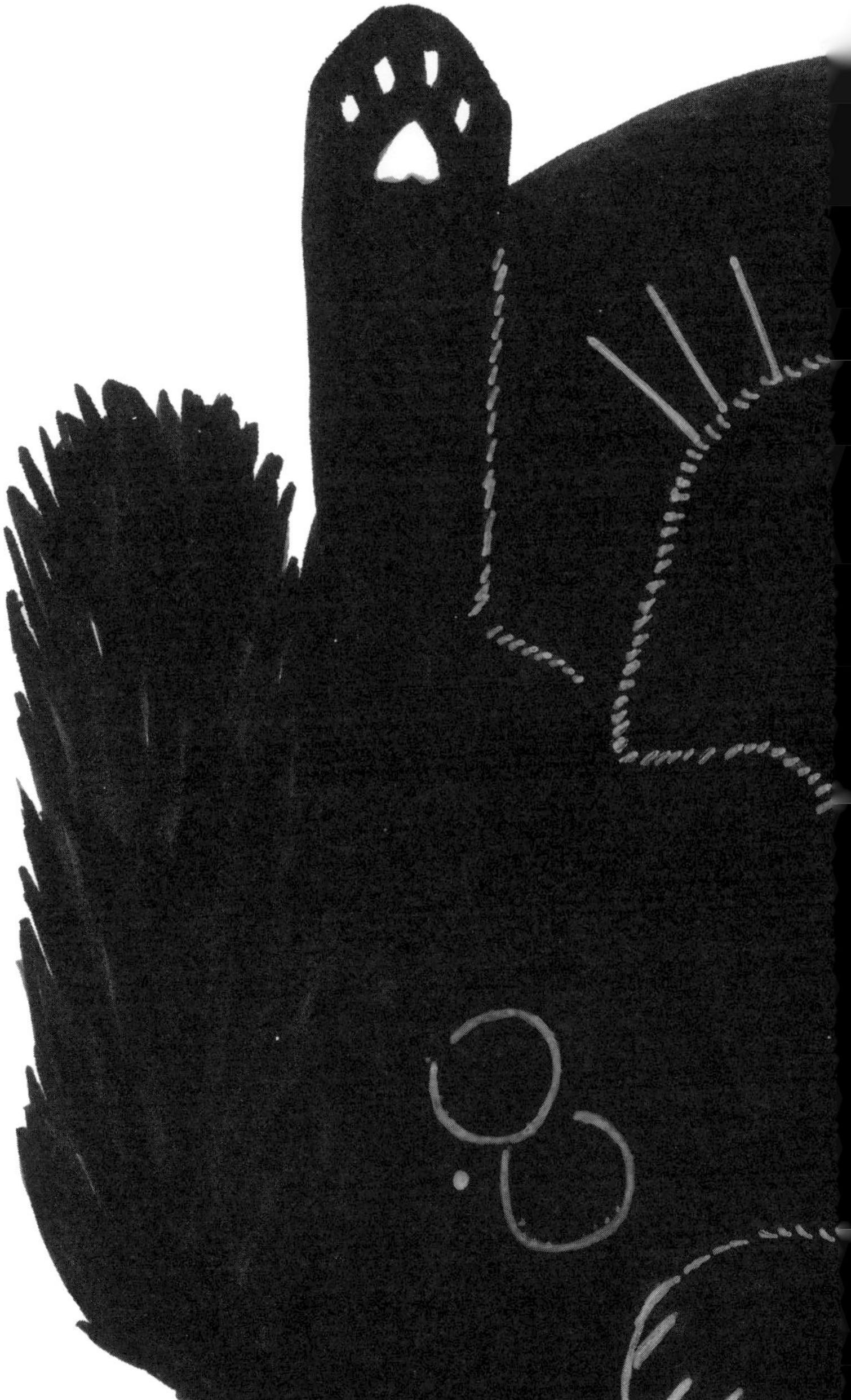

淫らな未来

ブレイディみかこ

谷川俊太郎さま

現場。

その言葉を毎日のように耳にしてわたしは育ちました。

それは父の職場のことだったからです。英語でいえば、「a construction site」とでもいいますか、「建設現場」の短縮形で「現場」。建設現場の労働者がその言葉を使うとき、それは仕事場を意味します。「現場に行ってくる」と父が言えば出勤するということであり、「現場が暑かった」とこぼせば職場の気温が高かったということでした。だから、漢字でどう書くのか知らないうちから、わたしも「ゲンバ、ゲンバ」と言っていました。小学校に入る前は、父の職場に連れて行かれることもあり、汗と土埃とセメントの匂いと野太い怒号にまみれた現場の傍らに、ちょこんと座らされていたのを覚えています。

ちょろちょろしていると邪魔だからじっとしていろと言われるのですが、子どもですから退屈してすぐ動き出すので、父や現場のおじさんたちがわたしにもできる仕事をつくってくれました。特にタイルを切る作業が大好きで(もちろん、本当に必要なタイルを切らせてくれるわけがないので、余った分やすでに切断した欠片《かけら》を切らせてくれて

いたんだと思いますが）、紙の裁断機みたいなタイル切断機を使って
ガツッ、ガツッとタイルをカットして遊んでいました。
一歩間違えば指を切断しかねない遊びなのですが、あの現場では
「危ない」と言われた記憶もありません。大人も子どもも、汚れた顔
をさらに汚れたタオルで拭きながら、きつくて危険な仕事や遊びを、
自分の体を使ってやっていた。それがわたしの知っている現場でした。
谷川さん、実は今年の夏、わたしは久しぶりにあの懐かしい現場を
たくさん見たのです。
それは、保育士時代の同僚の娘の結婚式に招かれて行ったドバイで
のことでした。ドバイといえば、世界で一番高い建物だの、世界で一
番大きいショッピング・モールだの、とにかく世界最大の建設物が多
いところとして知られています。コロナと戦争の影響で大恐慌クラス
の経済混乱が起きる予兆が世界に広がっているときに、あそこだけは

いまだに現場(construction sites)がたくさんあって、ばんばん新しいビルが建てられていました。

「お金持ちのディズニーランド」とも言われるドバイですが、その一方で、貧富のコントラストがシュールなほどにむき出しになっていることに驚きました。これまであまり興味もなかったのでドバイのことは全然知らなかったのですが、わたしはタクシーの運転手さんと話をするのが好きなので、喋っているうちに「ディズニーランド」で働いている人々の現実を垣間見たのでした。

ドバイの労働者人口の九割以上は外国人だそうで、わたしは七、八回タクシーに乗りましたけど、運転手さんは全員、インドやバングラデシュ、パキスタンなどから来た労働者でした。みんな単身で働きに来ていて、年に一回、帰省して家族と時間を過ごすと言っていましたから、完全に移住した移民とは違います。毎日、十二時間労働だそうで、「例えば今日五百ディルハム稼いだとして、自分のものになるのは百ディルハムだ(日本円で四千円ぐらいです)」と言った運転手さんもいました。

飲食店や商店にもフィリピンなどの東南アジア系の人々がたくさん働いていました。なかでも印象に残ったのは、ホテルの近くのカフェで働いていた若い女の子でした。

「あなたは日本人ですか?」と話しかけてきたので「そうです」と言うと、いきなり自分の境遇について説明しはじめたからです。彼女はミャンマーから半年前にドバイに来たと言いました。たどたどしい英語で、クーデターで家を追われてしまったこと、肉親を亡くしたこと、大学生デモに参加していたので国軍に標的にされ、ドバイに逃げてきたことなどを話しました。友人には日本に行った人たちもいるので、彼女も本当は日本に行きたいのだそうです。そこまで聞いたとき、たぶん彼女はわたしを日本在住だと考えているのだと思い、「わたしは英国に住んでいます」と言いました。すると、彼女は唐突にスッとわたしのテーブルから立ち去り、後から入ってきた中国人の家族のほうに行って、「あなたたちは日本から来たのですか？」と話しかけていました。

なかなかたくましいな、と思ったのでしたが、その後、ホテルの部屋に戻って、ドバイの外国人労働者に関する記事をパソコンで検索して、彼女のあの必死さのもう一つの理由を知ったような気がしたのでした。あの国では、自国籍保持者があからさまに優遇されて富と福祉を手にしている一方で、出稼ぎ労働者には何の権利も認められていないそうです。「カファラ」と呼ばれるスポンサーシップ制度(雇用主が保証人となって外国人労働者にビザを発給する制度)があるそうで、これがパスポートの没収や強制労働、契約書の書き換えなど、外国人労働者のあからさまな搾取に繋がっていると書かれていました。『キューポラのある街』の吉永小百合にも似たひたむきな目をした女の子のことがどうにも気になり、わたしは翌日もカフェに行ってみましたが、彼女はそこにはいませんでした。

ドバイでは、メトロに乗っているのも外国人ばかりです。なぜか乗るとすぐに「どうぞ」と席を譲られます。ついにわたしもそういう年齢になったのだろうか、と思っていると、白人の若い人たちも席を譲られていました。もしかしたら、観光客は収入源なのでたいせつに、という国是でもあるのだろうかと思うと、「どうぞ」と席を立ってくれるフィリピン系やバングラデシュ系の人々に、「優遇されていない外国人のあなたたちはそんなことしなくていいんですよ」と言いたくなりました。

八月の戸外の体感温度は五十度とも言われているのに、メトロの窓から見える高層ビルの建設現場では、出稼ぎ労働者たちが重い資材を肩に乗せて歩き回っていました。

他方では、裕福な人々や観光客が、クーラーの効いた世界最大の屋内スキー場や世界最大の屋内遊園地で、ドバイにいながら避暑を楽しんでいるのです。

「地球の温暖化がこのまま進めば、世界中の人々が夏のドバイのように屋内に閉じこもって暮らすようになる。ドバイは世界の先端を行っている」

とわたしに言った人もいました。

ということは、近未来の世界は巨大な建物や長大な連絡通路だらけになるのでしょうか。ならば、そこにはわたしの知っている現場がたくさんあるはずです。そのとき灼熱の屋外で働いているのはいったい誰なのでしょう。

ひょっとしたら社会は、「上」と「下」ではなく、「内」と「外」に分かれるようになるのかもしれません。

二〇二二年九月一日

「obscenely rich（淫らなほどリッチ）」という言葉をかみしめた夏の終わりに

気楽な現場

谷川俊太郎

ブレイディさん、

女王の死を悼む大砲の音も、建物を破壊し人を殺す大砲の音も、テレビで聞いている限りでは区別がつかないのを、蒸し暑い部屋の中で何か不思議なことのように聞いていました。

私はUKよりも英国という呼び名に親しみを感じる世代で、いただいたお便りへのご返事にはなりませんが、この機会に私の好きな英国のいろいろを思いつくままに書いてみたいと思います。いろいろは沢山あるのですが、私は一番を選ぶのが苦手で、優劣のつけ難い詩の賞の選考委員を自らクビにしたこともあるんです。

何年も前にBBCが作ったドキュメンタリー風のドラマで、フレデリック・ディーリアスを初めて知りました。「春初めてのカッコウを聞いて」を聞くと幼い頃からの私の夏休みの現場！(群馬県浅間山麓)を思い出します。ディーリアスが性病に苦しんだ事実と音楽の美しさが混じり合ってるのが現実だといやでも納得させられました。

ビートルズから無理して一つだけ挙げるとすると「Blackbird」、北米南部の黒人を励ます歌だと知ったのはずっと後になってからですが。

映画だとブレイディさん誕生以前の『天国への階段』、当時の映像技術でよくここまで創れたと思って、マイケル・パウエル、エメリック・プレスバーガーという二人の監督の名前が記憶に残りました。もっと新しいものだと例えば原作ヘンリー・ジェイムズの『鳩の翼』を映画館で観た後、もう一度見たくなってDVDを買いました。自動車は六〇年代に乗っていたモーリス1100、英国車は日本の夏の暑さに同情がありませんでしたが、大好きな車でした。

好き嫌いの判断を、知的な良し悪しの判断よりも信用している気配が私にはあるんです。

まどろみから

初めて読んだ数行の言葉が
（それは異国の詩の断片だったが）
この世のまどろみから私を目覚めさせた
覚めたそこがどこなのか言葉は知らない
空が淡く光をたたえて広がっている
本の中から今も世界をみつめる寡黙な人たち

古い言葉が知っていて
今の言葉が知らない意味が

陶器の破片となって土中に残っている
その上を幼女が歩きかけて転ぶ
その姿にひそむものが未来だろうか
ビニールハウスで苺が赤面する

親指と小指　指紋とウオノメ
この手で触れることのできるもの
それだけが今だ

時間は下水道を通って海へ注ぐ
クラゲと鯨と貝類とプランクトンが
海中から宇宙を見上げている

秋には幽霊がよく似合う

ブレイディみかこ

谷川俊太郎様

この連載がはじまってからというもの、さまざまな出版社の担当さんたちから谷川さんの本が届きます。詩集だけでなく、対談集、エッセイなど幅広くいただくので、わたしの仕事部屋の本棚には、ちょっとした谷川さんコーナーができているのです。けれども、この連載を続けるにあたり、わたしには一つだけ自分に課したルールがありました。

それは、詩集と絵本以外の谷川さんの本は読まない、ということでした。

谷川さんがレジェンドとして語られている本をうっかり読んでしまったら、もうタメ口で手紙を書けなくなってしまう(わたしは人に思われているより小心者なのです)と考えたからです。なのに、先日、ついにそのルールを破ってしまいました。谷川さんと山田馨さんの対談本『ぼくはこうやって詩を書いてきた　谷川俊太郎、詩と人生を語る』を読んでしまったのです。

「編集者と私的につきあうということが、私にはほとんどありません。山田馨さんは数少ない例外で、今ではもう友だちをこえて親友と言うしかないと思います」というカバー袖の文章が目に入り、これはぜったいに面白いに違いない、ちょっとだけ……と思って覗いてみたら、そのまま最後のページまで連れて行かれてしまいました。

山田馨さんは、ブリリアントな詩の読み方をされる方だったのですね。わたしは出版というビジネスにはいまだ慣れず、ここ数年、心情的にきついことが多かったので、お二人の関係性に心洗われるようでした。個人的にタイムリーな、いま読むべき一冊でした。今後も折に触れて読み返すことになりそうです。

ところで、前回、谷川さんが書かれていたBBCが作ったフレデリック・ディーリアスのドラマとは、ケン・ラッセル監督の「Song of Summer」のことですか？　もしそうだったら、再放送されたときわたしも見ました。ケン・ラッセルは「Tommy」というわたしの大好きなロック・オペラ映画も撮っていて、「英国はミュージック・ラヴァーの国」というわたしの中のイメージをつくった人の一人です。『天国への階段』は見たことがありませんが、リチャード・アッテンボローが出演しているのですね。見てみます。いま、リチャード・アッテンボローが主演しているグレアム・グリーン原作の『ブライトン・ロック』(わたしの住むブライトンが舞台なのです)について書いていて、それは長崎にある遠藤周作文学館から依頼された原稿だったりします。先方から依頼されたお題が「遠藤周作とわたし」だったので、おそらくそういうものを求められているわけではないような気はするのですが。

『鳩の翼』はわたしも深く印象に残っている映画です。ロンドンとベニスという組み合わせが、色彩的にも素晴らしかった。かの地は気候変動と地下水の汲み過ぎで年々沈んでいるそうですが、ベニスにはそうした悲劇が似合う(なんてことを言うと昨今は「正しくない」と怒られますけど）何かがあります。そういう磁場がある、とでも言えばいいでしょうか。

磁場といえば、最近、ロンドンに住んでいる友人から変な話を聞きました。ウエストミンスター宮殿の近くに住んでいる人なので、あそこで女王の棺が公開されていたとき、何時間も並んで見に行ったらしいのです。

その人はオカルトやスピリチュアルなものを信じるタイプではなく、普段はすこぶる合理主義的なのですが、棺が安置された宮殿に入った途端、空気が変わったのを感じたそうです。急に寒くなって、歯がガタガタ鳴り出したと言うのです。「テムズ川のそばに何時間も並んでたから、風邪ひいたんじゃない？」と尋ねたのですが、「そんなんじゃない」と言う。

むかし、東京の絵描きの友人がロンドンに来たときに、「ここは怖くていられない」と言ったことを思い出しました。幽霊がそこかしこにいるので気持ち悪くて街を歩けないと言って、すぐフランスに発って行きました。確かに英国の天気は鬱々として灰色で、霧が出る日は前方もよく見えませんから、何かがドロドロ出てくるには絶好の環境を提供している気がします。薄暗さに紛れていろんなものが集まってくるのかもしれません。しかも、七十年も帝国の君主だった人が亡くなったとなれば、キングダムへの愛と怨念を持つものが一斉に集結してもおかしくない。

だけどそう考えると、幽霊って元気ですよね。化けて出るほど何かを忘れられないなんてエネルギーと持久力があります。

逆にいまはどんなことが起きても人はすぐに忘れてしまう。疫病とか戦争とか国葬とか、いろんなことが起こり続けているのに、ばーっと祭りじみた騒ぎになって、ぱっと次の話題に移っていく。こういう短いスパンで生きている時代の人間はあんまり幽霊にはならなそうです。ドロドロには気合いがいるのではないでしょうか。幽霊になれるほどの体力を現代のわれわれは持ち合わせていないかもしれません。

しかし、こういう話をしていると、英国の若い世代からは、「人間が体力を失っているのは自然のなりゆき」と言われたりするのです。「人類は少しずつ体を失っていく途上にあるのだから」と。ティーンたちは真剣にトランスヒューマンについて議論しているようです。近年、トランスジェンダーという言葉がいろんなところで話題になってきましたが、息子たちぐらいの世代になるとさらにその先を行っていて、もはや人間であるという壁さえ乗り越えたいと真剣に考える人たちがいるみたいなんです。なんでも、人間が脳をアップロードしてデータとして生きるようになれば、各人の体がなくなるので、人種差別やジェンダーやルッキズムや戦争や環境の問題など、ありとあらゆる問題が消え失せ、人間はいまよりずっと幸福に生きていけるのだそうです。

反出生主義というのもありますが、あれは悲観的ですし、「昔からあるよなあ。生まれてすみません、とか」という既視感もありますけど、トランスヒューマンを語る子どもたちは、やけにポジティブなのが印象的です。苦痛の回避を考えている点では反出生主義と同じだとしても、より幸福に生きることを志向している。

だけど、幽霊たちの情念と体力を支持するわたしとしては、トランスヒューマニズムには一つの疑問を突き付けずにはいられないのです。そうやって人間がデータになり、いつまでも生きるようになれば少子高齢化の問題なんかもなくなりますけど、すでに死んじゃった人たちはどうなるのでしょう。幽霊の脳もアップロードすることはできるのでしょうか？

不可能だとすれば、生きている人間はデータの中にのみ存在することになり、幽霊は相変わらずロンドンの街角なんかにドロドロ出現して地上をうろついていることになる。前回のお手紙で、世界は「上」と「下」ではなく、「内」と「外」に分かれることになるのでは、と書きましたが、そうではなく「データ」と「幽霊」に分かれる可能性も出てきました。

二〇二二年十一月一日

でもエネルギー不足でしょっちゅう停電するようになったら、データより幽霊のほうが圧倒的に強いよな、とこっそりほくそ笑んでいる秋の日に

幽霊とお化け

谷川俊太郎

ブレイディさん、

「人類は少しずつ体を失っていく途上にあるのだ」という言葉に思わず反応してしまいました。齢九十ともなれば心の方はいざ知らず、体の方は近いうち必ず失うことになっていますから、人類とは言わないまでも、私個人は少なくともまず機能面でどんどん体を失いつつあって、最近試乗中の電動車椅子は自分のアンドロイド化の初歩的な段階だろうかと考えざるを得ません。

体を失った後の人間はどうなるのかという難題は、大昔から東西で論じられていると思いますが、幽霊という伝統的存在を私は好ましく思っています。ただ残念なことに私はこれまで幽霊に遭遇したことがないのです。自分が怨念というような心の状態を経験したことがないせいか、それとも子どもの頃に知った論語の一節「子ハ怪力乱神ヲ語ラズ」に当時、科学少年だった私が共鳴していたのかもしれません。一人っ子だった私はドロドロした人間関係に悩んだことがなく、成人してからも自分の意識下の混沌を主に詩作の源泉として考えるという呑気さでした。

自分にかまけるなという言葉も母から何度も聞いた覚えがあって、

躾《しつけ》の一環として子どもの自分本位を戒める言葉でしたが、これも物心ついた頃から折に触れて気にしている言葉で、詩を自己表現と考えずに初めから読者を意識して書き始めたことも、この言葉が自分の中に生きていたからではないかと思います。幽霊はやはり自分にかまけざるを得ない事情があって、この世に舞い戻ってくるのではないでしょうか。

私は幽霊よりもお化けの方が性に合っていて、子ども向けのお話や舞台によく登場してもらいますが、さまざまなお化けが登場することで、日常を少々超えたノンセンスな次元が出現するのが何故楽しいのかなあと考えてしまうことがあります。幽霊は足があると失格ですが、お化けは足の有無にこだわらない、というのは私の思いこみでしょうか。

私はどうやらアンドロイドよりも、幽霊に近づいているのかもしれません。

午後

ゆっくり大股で歩きながら
世界を見た
世界は緑色だった
いや世界は黄色だった
世界はカラフルに壊れ始めていた

異常な速度で
ヒトの作ったものは回り続けている
小さな女の子が

泣きながら家を探していた
川は変わらず飛沫を上げている
窓口で途方に暮れている老人
ステンレスの輝きが曇っていく

見上げると梢から
熟れ過ぎた実が落ちてくる
終わり方は知っているが
始め方を忘れた
分厚い白紙の束が湿っている
巨大なトラクターの下に
小さい綺麗な蛇
何も意味したくない午後

言葉を保留する

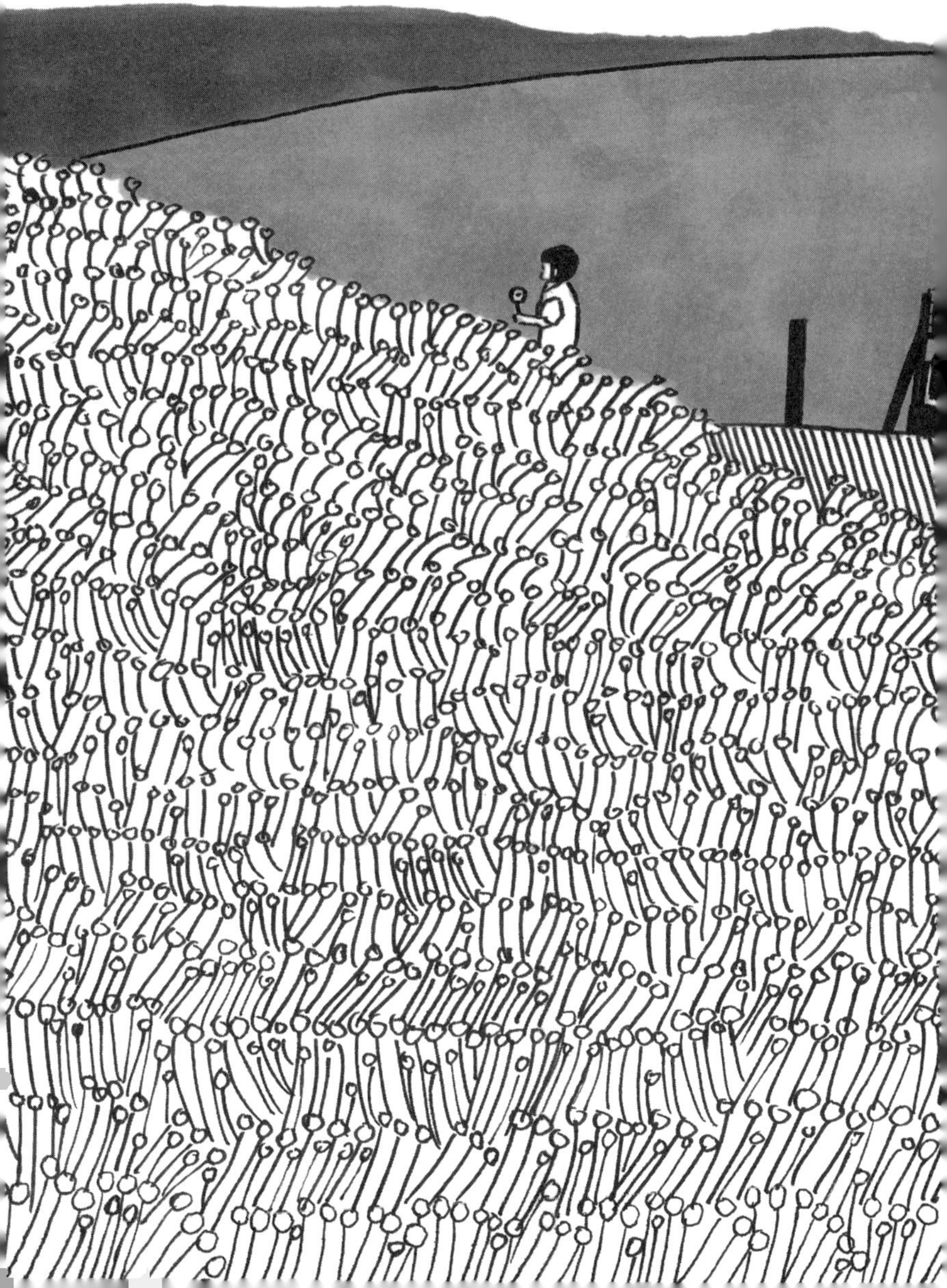

ダンスも孤独もない世界

ブレイディみかこ

谷川俊太郎さま

幽霊とお化けについての考察を拝読しました。足があるかないかというポイントは大きいですね。わたしは執筆の仕事をはじめた頃から、「地べた」だの「他者の靴を履く」だの足元にこだわってきた人間なので、そのことを考えればわたしも足のあるお化け派になるのだろうか。と考えてしまいました。

幽霊とお化けは古典的であるという点で仲間とも言えますが、やはりトランスヒューマンは別物です。

トランスヒューマンは人間としての生命を持ち続けながら、現在の人間の形状を取らないものになろうとしているからです。というか、人間として幸福に生きることを突き詰めた結果、部分的、または全体的に人は人でなくなったほうがいいと考えているというか。

このお話、まだ続けさせてください。というのも、最近、ブライトン市内のコワーキングスペースに机を借りていて、週に何度かそこで仕事をしているのですが、そこにもトランスヒューマニズムを奉ずる若者がいるのです。

彼女は二十代の翻訳者で、ポルトガル系の女の子ですが、日本のアニメや漫画が大好きで、わたしによく話しかけてきます。それで一緒にお昼ごはんを食べるようになったのですが、彼女がまさに、わたしの息子の友人たちのようなことを言うのです。

英国は昨年から物価高で貧困が広がり、ランチを買いに行く途上でもホームレスの方々が目につきます。そんなとき、わたしが
「この状況でも首相は緊縮財政をやろうと言うんだから、クレイジーだ」

みたいなことを言うと、彼女は答えます。

「体があるから人間は政治なんかに左右される。お腹が空かなければ政治や経済なんてどうでもいいのに」

「でも、人間のお腹が空かなくなるなんてこと、ある?」

「生身の体がなければ、それを維持する必要もないからお腹は空かない。それにお腹が空かなければ人間はお互いに対して優しくなれる。

暴力も抑圧もなくなる」

邪気のない天使のような笑顔で笑っている彼女を見ていると、そういうもんだろうかとふと思ってしまいそうになります。

「体がなければ病気も怪我も老いもない。人間が体を持っていることは人間に苦しみしかもたらさない」

と天使は言いますが、病は体だけに限定されるものではないので、わたしは質問してみました。

「だけど、体はなくても脳が存在する限り、メンタルな病は存在するのでは?」

しかし、それにも彼女は微笑しながらこう答えるのです。

「メンタルな病がひどくなったときの最悪の帰結は自殺でしょ。体がなければ自殺できないから、大丈夫」

けれども、これはこれで地獄のような側面があるように思え、若い世代が当然のように人間の脳と体をきっぱり切り離して考えられることに驚いてしまうのです。

その一方で、個人的には人間の体というものを強く意識する体験もありました。

福岡の母親がホスピスに入院しているのですが、年末に一時退院したので、その間だけ介護のために日本に帰省したときのことです。谷川さん、わたし、初めて大人のオムツを替える体験をしたのです。もともと保育士でしたから、オムツ替えは慣れたものですし、三十分で十四、五人の赤ん坊や幼児のオムツを手際よく替えることができるのは、最も他人に誇ることができる自分のスキルだと自負しています。

でも、大人のオムツはまったく違っていました。「はい、まずこっち側を向いてね」「次は反対側を向いてください」とか言いながら、右に左にと体の向きを変えてもらってオムツを外したり、当てたりしなければならないので時間がかかり、とても三十分で十五人とはいきません。

　それに、赤ん坊や幼児の体は奇跡と言ってもいいほどフレキシブルで柔らかいので、腰のあたりまで汚れている場合でも、足を高く持ち上げて背後を拭いても本人は気持ちよさそうに笑ってるだけですが、大人の体に同じことをすると大変なことになります。いかにして相手の体の動きを最小限に抑えて痛い思いをさせないようにするか、そしてこちらの体の負担も軽減して腰を守るにはどの姿勢がベストかを考えながら、体と体が寄り添い、協働する作業が大人のオムツ替えでした。ケアとは他者と一緒にダンスを踊ることかもしれない。という感想コメントを、電動車椅子を使って生活しておられる石田智哉監督の『へんしんっ！』というドキュメンタリー映画に寄せたことがありましたが、映像ではなく体験でそれを実感したのでした。

加えてもう一つ、この作業を通してわかったことがあります。それは、おかしな話ですが、自分の前にある体が母親のものではなくても、誰の体であったとしてもわたしは同じことをするのだということでした。

認知症も進み、癌の症状もあいまって、母親は起き上がることはおろか、食事も自分ではできませんし、わたしのことも誰だかよくわかっていないようです。世にはそうした母と娘が少なくないようですが、わたしたちにも確執のようなものはありましたし、正直、母親から逃げるためにわたしは海外に出たのではと思うこともあります。が、体と体でダンスして思ったのは、わたしも母も別の体をした人間に過ぎないなあということでした。「母親なのにわたしのことを理解してくれない」とか「母親なのにあの女性のことがわたしには全然わからない」という感情は、親子はどこかが繋がっている、または繋がっているのがふつうだと思うから抱くものであり、別々の体を持つ人間として生きている以上、切れているのが当たり前なのだと一緒にダンスしながら感じたのです。

いい体験でした。こんな風に、別々の体で生きているということは、自分は他者じゃないという認識の基盤になると思うのですが、人間が脳だけの存在になってデータ化してしまったら、ずぶずぶに溶けて液体のようになってしまい、わたしは全体で、全体がわたし、みたいなことになってしまうのではないかと思います。そこにはきっと寂しさなんかもなくなるでしょう。

思うに、体こそが、人間が人間と一緒にダンスしたり、孤独を感じたりする根拠ではないでしょうか。そしてそう考えるにつれ、たとえそれが多くの災厄をもたらすとしても、人間は体への郷愁を捨てられないのではないかと思わずにいられないのです(もちろん、未来の人間にはダンスも孤独も必要なくなるし、それらは人間にとって良いものではないのだと言われれば、旧世代の人間としては、ああそうなのですねと答えるしかないですけど)。

二〇二三年一月五日

郵便局のストのせいでいまだクリスマス・カードが届き続け、一年の切り替わりが曖昧な年初に

父母の書棚から

谷川俊太郎

ブレイディさん、

父母の代から住んでいる我が家は、大部分は整理したもののまだ書棚のすべてが空っぽになっているわけではありません。先日も木箱に入った巨大な本が目についたので、無理して引っ張り出してみました。

赤革の背表紙に金箔の文字『北斎と浪千鳥秘画帖』、肉筆浮世絵の春画の本でした。肝心の箇所は隠してありますが、男女だけでなく母親が赤ん坊に乳を含ませる図まであって、浮世絵が今の絵本に当たる位置にあったことを思わせます。

同じ棚に音楽学校のピアノ科に在籍していたこともある、母が使っていた楽譜も残っていました。その一つはどうやら男友だちにプレゼントされたエドワード・マクダウェルの『昔の庭園から』という歌曲集でした。

北斎とマクダウェル、この二冊を見るだけでも私がブレイディさんとは余程違う環境で育った事実がわかると思います。私がその恩恵と同時にそこにひそむ意識されていない傲慢と偽善に気づくのは大人になってからのことですが。

父母の本は私の子ども時代を思い出すよすがとして残っているので、

特に愛着はありません。では自分にとってどうしても手元に置いておきたい本は何かと考えると、これがなんとも雑多で我ながら驚いてしまいます。仕事机の脇の本棚にはたとえばこんな本が並んでいます。『日本語尾音索引　現代語篇』『定本　三好達治全詩集』『シトロエン2CV』『奇跡の団地　阿佐ヶ谷住宅』『世界の文字の図典』『The Family of Man』『機械の素』等々。

別れた連れ合いは読むのが好きで、物資不足の戦後、落とし紙代わりに使われていた広告を便所にしゃがんで読んだそうですが、私にはそんな読書への飢えはありませんでした。逆に多すぎる本に対して嫌悪のようなものを抱くようになり、ひいてはそれが人間の言語そのものへの不信感につながって、私の詩作のエネルギーの一端になっているのです。

言語を疑うことで言語では名指すことのできない実体に迫ろうとす

る矛盾が、私には必要であるらしい。私が狂言や落語の世界にあるノンセンスに惹かれるのも、おそらくそこに源があるのだと思います。

目の前に在る物

椅子に座って
目の前に在る物の
名を呼んでみる
陶器のタンブラー
珈琲が入っている
飲みかけで
もう冷めている
血圧計
ほとんど使っていない

筆立てと3Bの鉛筆
と鋏と筆ペン
電話器
メモ用紙
眼鏡　と
ここまでは
ほぼ正確に絵に描けるが
ラップトップ
となると
内蔵された情報のせいで
目の前に在る物だけでは済まなくなり
言葉は拡散し始めて
世界はどんどん形を失ってゆく

謎の散りばめ方

ブレイディみかこ

谷川俊太郎さま

前回のお便りと詩をいただいてからしばらく間があきました。このあいだ、実はわたしの生活にはいろいろなことが起きました。

一月に母が亡くなり、一週間ほど日本に帰省しました。それがちょうど、日本が十年に一度とかいう寒波に襲われて交通機関が麻痺した日だったので、ロンドンからの飛行機が遅れて乗り継ぎの国内線に乗り遅れ、ようやく次の便に乗れたと思ったら、飛行機が福岡まで辿り着かずに広島上空でUターンしました(福岡空港というのは、どういうわけか門限があるらしいのです)。おかげで、夜中に羽田空港に再着陸し、振り替え便やホテルの手配でめちゃくちゃ大変だった思い出しかなく、こんなときにも髪を振り乱して走り回っている自分に笑いました。

翌日にようやく福岡に到着し、葬儀等を終えて英国に戻ると(帰りはスムーズでした)、今度は右指を怪我して原稿が書けなくなり、初めて音声入力で仕事をすることになりました。そしてそれにやっと慣れた頃、コロナにかかりました。三度目です。もうプロと言ってもいいかもしれません。

そんなわけで、いろいろあったためか、谷川さんからのお返事を最初に読んだときと、現在とでは、同じ文章を読んでも引っかかる場所が違っています。最初に拝読したときは、谷川さんの仕事机の脇に並んでいる本たちの、こう表現することを許していただければ、「脈絡のなさ」が気になりましたし、しかしそれらは谷川さんにとっては脈絡のある顔ぶれ（本ぶれ）なのだろうと考えるにつれ、人間って他人から見れば全く脈絡がない生き物だよな、と思えてきて、そこからお返事を展開していこうかと思っていたのです。

だけど、いま読み返すと、谷川さんがいまだにご両親の書棚の整理を終えていないという記述が妙に気になりました。わたしも福岡で母の遺品を整理する経験をしたからです。

これは大変な作業でした。というのも、認知症だった母は、晩年は裏の部屋に引きこもり、いろんな所持品をいろんなところに隠しては出し、出してはまた違う場所に隠すということを繰り返していました。小さな家なので隠し場所もそんなにないですし、隠さなければならないような高価なものなど何一つ持っていなかった母ですが、小さな巾着袋をいくつも持っていて、その中に、通帳とか新聞の切り抜きとかブローチとか、バラバラにいろんなものを入れていたのです。その一つから実印も発見されたので、妹が胸を撫でおろしていましたが、こうやってさまざまな所持品の場所を常に移動させていた母の行動が、死後にいくつかの謎を残していったのです。

彼女が大切なものを隠しているとしたら、それは鏡台の引き出しだとわたしは知っていました。化粧をすることがとても好きな人だったからです。それで葬儀の翌日、鏡台の一番上の引き出しを開けてみると、化粧品の底のほうからプラスティックのピンクの小箱が出てきました。蓋の中央に金色のシールが貼られていて、「臍帯」と印刷されていました。箱の裏に妹の名前と誕生日が書かれていたのですが、蓋を開けてみると和紙に包まれた臍《へそ》の緒が出てきて、紙の内側にはなぜか母の誕生日と「頭囲」などの新生児のサイズが書かれています。その単位も「尺」だったりして、とても妹が生まれた時代のものとは思えません。小箱の中には、ほかにも二つ、小さな紙の包みが収められていました。薄いほうを開いてみると、髪の毛が出てきました。日本には、赤ん坊の髪を記念に取っておく風習があるらしいので、妹のものかと思いましたが、臍の緒が母親自身のものだったとすれば、この髪も母が乳児のときのものかもしれません。

三つ目の包みは見るからに分厚かったので、おそらく妹の臍の緒が入っているのでは、と思って開きました。すると、途中で白い粉が出てきました。恐る恐る開いてみると、骨の一部が出てきたのです。その場にいたわたしも妹も、前日に火葬場で母親の遺骨を見たばかりでしたから、すぐにわかりました。

つまり、ピンクの小箱の中には、臍帯と髪の毛と骨が入っていたのです。母は、夢野久作の『ドグラ・マグラ』に出てくる姪浜という街で生まれ育った人ですが、よくもまあ、ここまでそれっぽいセットを残していったものだと思いました。

出てきた骨は、祖母が亡くなったときに母親が火葬場で分けてもらったのだろうという説が有力ですが、むかし、愛犬が亡くなったときにもペット火葬場で骨をもらっていたという話なので、本人がいなくなったいまでは、もう真相の解明はできません。

また、鏡台の別の引き出しの中から、わら半紙で作ったような適当な封筒も出てきて、そこにも「臍の緒」と殴り書きのように書かれていました。中を見てみると、脱脂綿にくるまれた臍の緒が出てきました。封筒の後ろには、わたしの名前と誕生日と生まれた時間が書かれています。でも、ここでも問題が勃発しました。そこに書かれている日時は、わたしの知っている自分の誕生日と二週間ばかりずれていたからです。

なにしろ『ドグラ・マグラ』セットが出てきた後ですから、家族の歴史のあちらこちらにダークな謎が潜んでいるような気がして、どういうことなのかと父に尋ねてみましたが、役所に出生届を出すときには病院からの出生証明書が必要なはずだから、戸籍にある誕生日で正しいのではないかということでした。

母がいっぺん出した物を別の容器に入れてしまったり、臍の緒をいくつも出しているうちにどれが誰のものかわからなくなった可能性もあります。わからなくなったら困るので、封筒に娘の名前と誕生日を書いておきたかったのだけれど、日にちが思い出せないので「このあたりの日だった気がする」と適当に書いたのかもしれません。認知症だったからかえって謎を残すことになってしまいましたが、もしかすると、本人は終活をしていたつもりだったのかもしれないのです。けれども、すべてわかってやっていたとしたら。という想像も払いきれません。日がな一日、母親が畳の上に臍の緒を並べて、くすくす笑いながらわざとあべこべの箱に入れたり、娘の誕生日を二週間ずらして封筒に書いたりして、死後にそれを見つけた家族の反応を考えて楽しんでいる姿を思い浮かべてしまうのです。人骨も一緒の箱に入れてびっくりさせてやるか、なんて楽しそうに企みながら。

何の脈絡もなく単にやらかしてしまったように見えることが、実は彼女の中ではきちんと脈絡を持ち、いちいち仕組まれていたのだとすれば、この謎の散りばめ方は巧妙です。悪戯《いたずら》好きな食えねえばあさん、としか言いようがありません。

わたしは死後の魂を信じたくありません。というか、生きている時間はこんなにバタバタ忙しいんだから、死んだときぐらい永遠に気絶させてくれと思っているのですが、もし万が一、死後の魂というものが存在した場合、あらかじめ謎を散りばめておいて自分の死後にそれに引っかかった人たちを見ているのは愉快かもしれないですね。とは言え、文章を書いたり、本を出したりしている人間は、生きているうちからそういう食えねえことをしている嫌なやつらなのかもしれませんが。

二〇二三年三月五日
コロナにかかるたびに物忘れがひどくなり、
認知症へのカウントダウンがはじまったような初春の日に

笑いと臍の緒

谷川俊太郎

ブレイディさん、

高橋源一郎さんとおしゃべりしていらっしゃる様子をテレビ画面で拝見しました。お書きになったものからは、こんなによく笑う人だとは思っていなかったので、笑いを少々深読みしてしまいました。

子どもの頃は笑いが止まらなくなって苦しくなったりしましたが、そんな腹の底からの笑いが思春期と言われる時期を過ぎると、だんだん影を潜めてきますね。友人と信州の旅先で山から硫黄を運ぶトロッコのような軽便鉄道に乗ったら、カーブで車輪とレールの間の軋《きし》みがうるさく耳についたので、あれは客車の天井に新品の革靴が詰まっているのだと言い合って大笑いしたことがありましたが、そんなノンセンスな笑いをいまだに忘れないのは、生きる上で意味のない笑いがもしかすると訳ありの涙より強力である証かもしれません。

私がブレイディさんのお便りにちっとも応えていないと源一郎さんに言われてしまったので、どこかに母がとっておいたはずの臍の緒を探したのですが、見つかりません。二階の机の引き出しだったかもしれない、でも私は踏み外すのが恐くて二階への階段を上がる勇気がないんです。母はお産の時に取らざるを得ない姿勢が嫌で、帝王切開で私を産んだということですが、実は父との恋に夢中で子どもはあまり欲しくなかったらしい。

ちなみに父徹三と母多喜子の恋の顚末《てんまつ》は息子俊太郎編の『母の恋文』新潮社一九九四に詳しい。大正期の若いインテリの日々を彷彿《ほうふつ》させる好著(笑)。

私の母もボケて納戸の隅に隠れて酒を探し、挙げ句の果てにヘアトニックまで飲みました。最後は入院して下の世話はせずに済んだので、私のおむつ体験はまだ初心者段階です。

これ

これを身につけるのは
九十年ぶりだから
違和感があるかと思ったら
かえってそこはかとない
懐かしさが蘇ったのは意外だった
この肌触りの快さは
コウゾミツマタに始まる
和紙の伝統のおかげかもしれない
湿ってジメジメせず

乾いてゴワゴワせず
技術者各位の長年のご苦労に
感謝の他ない

恥も外聞もない訳ではないが
この歳になれば
自然の成り行きと
自他共に納得しても
誰も文句は言わないだろう
二度童《にどわらし》という言葉が私は好きです

ウィーンと奈良

ブレイディみかこ

谷川俊太郎さま

ついにこうして谷川さんにお便りを書くのは最後になってしまいました。一年半の短い間でしたが、この期間は、ウクライナで戦争がはじまったりして世界が激動しただけでなく、わたし個人にとっても通常とは違うことが起きた時期でした。一回目のお手紙を書いたのは、連合いが悪性リンパ腫とコロナのダブル疾患になり、心情的に苦しかった頃でした。その連合いはどうにかまだ生きており、最近では元気に近所に散歩に行ったりしていますが、昨年の秋には母が三か月の余命宣告を受け、医師の言葉を忠実に守るように他界しました。

もともと日本の母とは疎遠でしたし（なにしろ、英国生活も二十七年目になります）、そんなに精神的な打撃を受けることはなかった、つもりでした。上野千鶴子さんとメールをやり取りする機会があり、女性にとって母を亡くすのは格別のことなので気をつけるようにと書いてくださったのですが、はて、そんなものだろうか？と思ったほどだったのです。けれども、数か月が過ぎ、ようやく上野さんの言葉が自分の体に沈んできました（英語で sink in という表現がありますが、わたしには「身に染みる」という定訳より、「体に沈む」のほうがしっくりきます）。

母の世話や死後の手続きのいっさいを一手に引き受けた妹は、春の訪れを待って奈良に旅をしてきたようです。わたしよりずっと母親との結びつきが強かった妹は、心理的にもやられていたので、「落ち着いたら一人で明日香村に行きたい」と葬儀のときから言っていたのです。旅をして気分を変えるのはいいかもしれない。そう思ったので、わたしもふらっとウィーンに行ってきました。なぜウィーンなのかと言えば、ネットの格安航空券のサイトで一番安かったからです。

とはいえ、別の理由もありました。文化資産のない環境で育ったわたしですが、多感な頃には人並みにクリムトやエゴン・シーレの絵画に惹かれた時期があったので、一度はウィーンで本物を見てみたいものだと思っていたのです。これまで果たせずにきたので、これはいい機会かもと思い、リュックを一つ背負って空港に向かいました。ウィーンに着いてみれば大雨で、滞在中ずっと降りやまなかったのですが、一番行きたかったレオポルド美術館から歩いて五分のところに部屋を借りたので、連日、絵を見に行きました。

同じ頃、日本の妹は、古墳や史跡公園の写真や動画を毎日インスタグラムにアップしていました。それらはすべて広々として、見渡す限り緑色の美しい風景でした。いかにも伸び伸びと気持ちよさそうな写真で、母を送り、これからの人生について思いを馳せながら歩いている妹の姿が目に浮かびました。

美術館の近くのカフェに座って、妹のインスタグラムのアカウントを見ていると、複雑なマフラーの巻き方をしてべっ甲色のフレームの眼鏡をかけた高齢の男性に声をかけられました。わたしが持っていたレオポルド美術館のショップの紙袋(エゴン・シーレの絵画が印刷されています)を見て、観光客だと思い、話しかけてきたようでした。

彼は、ドイツ語訛りの英語で、「アドルフ・ヒトラーのウォーキング・ツアーに行くべきだ」とわたしに勧めました。ヒトラーが若い頃に住んでいたウィーンには、関連の地を徒歩で見て回るガイド付きのツアーがあるのだそうです。

紙袋に印刷されたシーレの肖像画を指さしながら、その男性は言いました。

「彼の裏側がヒトラーだ」

シーレがウィーン美術アカデミーに一発で合格した翌年にヒトラーが不合格となり、その翌年も挑戦したが再び不合格だったという話は、美術館の展示パネルにも書かれていましたので、そのことを言っているのだと思い、わたしは答えました。

「そうですね。ヒトラーは、本当は画家になりたかったらしいですね」

「シーレのような芸術の才能があれば、彼は我々が知っているヒトラーにはならなかった。だが、その才能あふれるシーレも、二十代でスペイン風邪で亡くなった。コロナみたいなものだ。ドイツ軍に入隊したヒトラーがヒトラーになろうとしていた頃だよ。百年前といまは気味が悪いぐらい似ている」

高齢の男性にそう言われて、部屋に帰ってからネットでシーレとヒトラーについて書かれたものを読み耽《ふけ》りました。二人に面識はなかったようですが、「シーレの絵を見にウィーンに来たなら、ヒトラーがいた場所も見て帰れ」と見知らぬ人に言われたのも何かの縁だと思い、翌日、レインコートを着て勧められたツアーに参加しました（悪天候の中でもウォーキング・ツアーが中止にならないところがいかにもヨーロッパです）。

四月なのにウィーンの気温は二桁に上がらず、雨に濡れながら歩いたこともあり、ヒトラーのウィーンは寒くて暗かったです。美術学校に入れなかったヒトラーは浮浪者収容所にいたこともあるそうですが、ツアー中も街のいたるところに座っているホームレスの人々を見ました(過去十年ばかり、欧州の首都はどこを訪ねてもそうです)。英国は暖かだったので薄着だったせいもあり、本当に体が震えるほど寒かったので途中でリタイアしようと何度か思いましたが、最後まで歩いてよかったと思います。本やネットで読むより、体に沈んだと思います。

昨年からドクターの言いつけで酒をやめていたのですが、これは飲まねばやっていられないと思い、ワインを買って部屋に戻りました。そして、明日香村の妹が新たにネットにアップした動画の新緑まぶしい風景を見ながら、ふと思ったのです。

数か月前に母を亡くしたわたしたちが、お墓の跡とか歴史上の人物のゆかりの地とかを訪ねて歩き回っているのはなぜなのだろうかと。

この世をすでに去り、あの世にいるはずの人々の形跡を巡るのも、この世でもあの世でもない、SOMEWHERE IN BETWEEN(その世)巡りなのでしょうか。

久しぶりに飲んだにしてはスルスル水のように入っていったワインの空ボトル(谷川さんのお母様もお好きだったようですが)を眺めながら、しみじみと考えたのは、人間は時々、この世とあの世のことを忘れるために、「その世」を歩きたくなるのだろうかということでした。近親者の体に入っていた一組の骨、思ったよりも小さかったその白々としたものを見たときが、まさにそういうときなのかもしれません。

ただし、妹とわたしの歩き方はちょっと違っていて、広大な自然の中で千年以上も前の歴史の跡を追いながら古代ロマンに浸っている妹に比べると、ヒトラーの足跡を辿るツアーに参加して、いつか原稿に使えないかとツアーの様子や参加者たちの表情などをスマホに入力していたわたしはスケールが小さいというか、せこいというか、よりこの世に近い「その世」巡りをしてきた気がします。

そういえば、新約聖書にマルタとマリアという姉妹の話があります。じっとイエスの足元に座って神の国の話を聞いている妹のマリアと対照的に、バタバタと忙しく立ち働いているマルタをイエスが諫《いさ》めるのですが、マルタもけっこう大酒飲みだったのではないでしょうか。わたしにはそんな気がします。

この世にどっぷりと浸かり、この世の雑事しか書けないわたしと、一年半もおつきあいくださり、ありがとうございました。谷川さんの貴重なお時間をくださったことに心から感謝します。

この往復書簡が谷川さんと一ファンのそれになってはいけないと自分に言い聞かせてきましたので、これまでこういうことは書きませんでしたが、最後ですから書いてしまいます。

谷川さんの詩で好きなものは自分の経験や加齢とともに変わり続けます。でも、いまは「臨死船」です。

二〇二三年四月二十四日
音楽を頼りに歩いて行くしかない季節に

Brief Encounter

谷川俊太郎

ブレイディさん、

さよならという別れの挨拶がなんだか重ったるい言葉のように思えてきて、さよならの代わりにじゃあねとか、ではまたと言うようになったのは、この世との別れが近づいてきた自分の年齢のせいばかりではないような気がします。

大袈裟に考えれば本来群生動物である人間が、いつからか群れの中の一人ひとり、つまり個人として目覚めそれがついにはAIにまで進化？ し始めた、その事実に私たちが未来への展望と同時に、漠とした不安を感じてるのも事実です。

私はこの連載の間に結局生のブレイディさんとはお会いせず、もっぱら言葉と声を伴う短い映像を通して、ブレイディさんのお人柄に接してきました。もちろんそれだけではブレイディさんという人間のいわば氷山の一角を知ったに過ぎないのですが、そんな形のBrief Encounter（若い頃観て今でも印象に残っている映画です）で心に残るものは、長い付き合いから生まれるものとはまた別の次元に存在するように思います。

一人の女と一人の男が偕老同穴《かいろうどうけつ》仲睦まじく連れ添うのに若かった私

は憧れていましたが、これは私にとっては一人っ子と母親の関係の繰り返しに過ぎず、恋人は母ではなく一人の赤の他人だという苦い事実を私はすぐに悟らざるを得ませんでした。恋人との別れを通して私は初めて他人というものの存在を実感したのです。

自分だけ

二時過ぎ他人が来た
高校の頃から知ってる友達だが
自分とは違う人間だから他人と言うしかない
お前は昔から詩を書いているが
それは何故なんだ？と珍しく他人が問う
他に楽しみがないと答えると
嘘だろと言う
妻がビールを出してきた
妻も他人だが

妻は私を他人だとは思っていない
妻がビール飲んでる他人に言う
この人は私を苗字で呼ぶんです
呼び付けですか
いいえさん付けでと答えた
お前は奥さんを詩に書いてるかと言うから
もちろんと答えた
妻がへえどの詩？ととぼけている
急に気恥ずかしくなった
この世は他人だらけである
他人でないのは自分だけだと思うと
寂しい

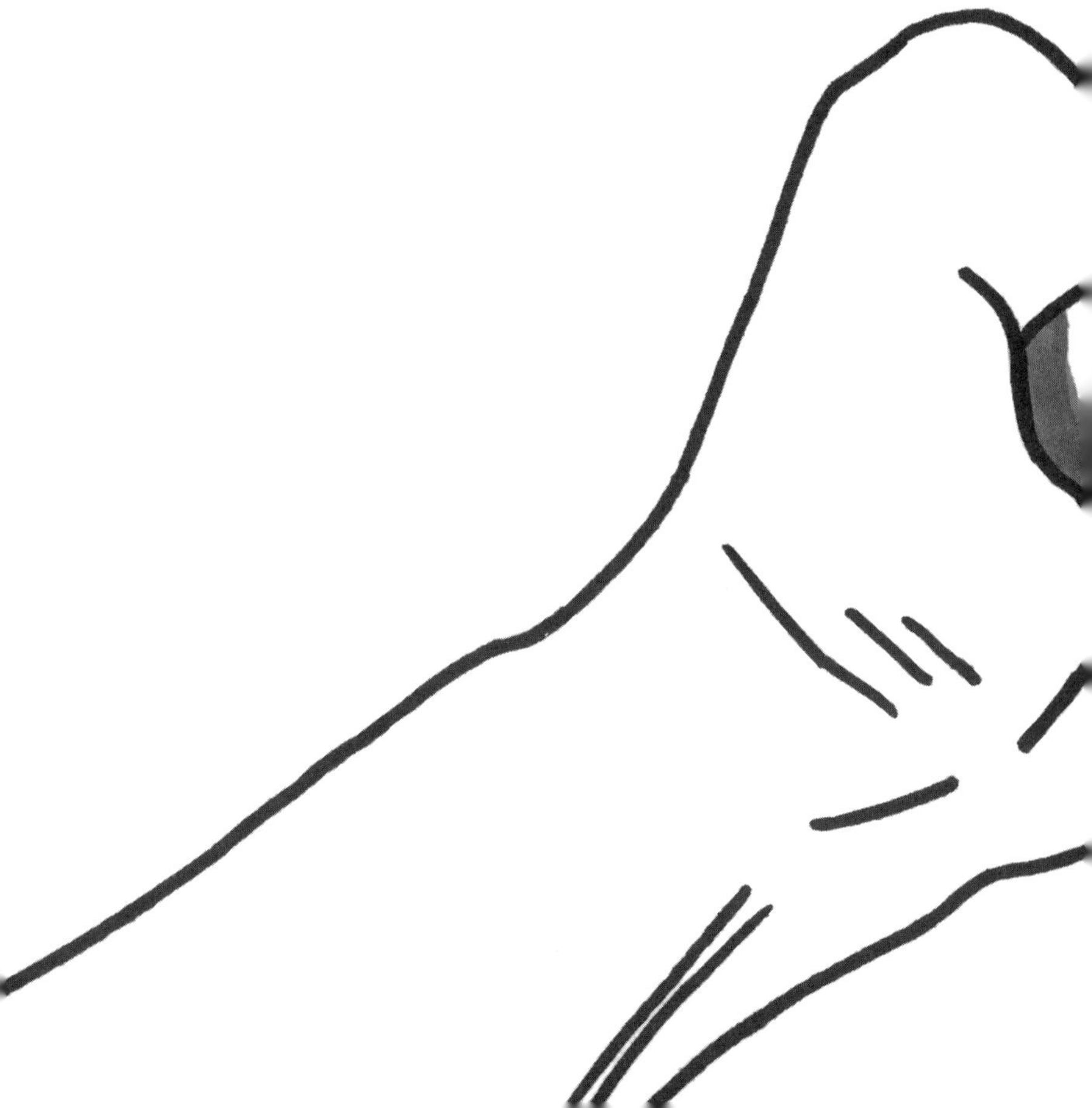

本書は、『図書』連載「言葉のほとり」(二〇二二年三月号〜二〇二三年八月号、岩波書店)に、描きおろしの挿画を加えて書籍化したものです。

谷川俊太郎
1931年東京生まれ．詩人．1952年『二十億光年の孤独』でデビュー．詩作のほか，絵本，エッセイ，翻訳，作詞，脚本など幅広く作品を発表．その作品はさまざまな言語に訳されており，2022年には詩の国際大会「ストルガ詩祭」の最高賞「金冠賞」が授与された．

ブレイディみかこ
1965年福岡市生まれ．ライター．1996年から英国ブライトン在住．『子どもたちの階級闘争』(みすず書房)で新潮ドキュメント賞を受賞，『ぼくはイエローでホワイトで，ちょっとブルー』(新潮社)で毎日出版文化賞特別賞などを受賞．著書多数．

奥村門土(モンドくん)
2003年福岡市生まれ．画家．3歳頃より絵を描き始め，小学生から似顔絵屋さんとして活動をはじめる．2014年には初の画集『モンドくん』(PARCO出版)を発表．書籍の装画や個展開催など，国内外で大きな注目を集めている．俳優としても活動．

その世とこの世

2023年11月22日　第1刷発行
2023年12月15日　第3刷発行

著　者　谷川俊太郎《たにかわしゅんたろう》　ブレイディみかこ

絵　奥村門土《おくむらもんど》(モンドくん)

発行者　坂本政謙

発行所　株式会社　岩波書店
〒101-8002 東京都千代田区一ツ橋2-5-5
電話案内 03-5210-4000
https://www.iwanami.co.jp/

印刷・精興社　製本・牧製本

ISBN 978-4-00-023747-5　　Printed in Japan